엄마표 나라

8학년 2반 엄마와 4학년 2반 막내딸의 알콩달콩 동거기

엄마표 나라

8학년 2반 엄마와 4학년 2반 막내딸의 알콩달콩 동거기

최순애

해ㅍi스토리
Happistory

엄마표 나라

초판 1쇄 인쇄일 2010년 5월 1일
초판 1쇄 발행일 2010년 5월 8일

지은이 최순애

펴낸이 장성순
편집 김기용, 조지연
출력 스크린출력 (02-322-4467)
인쇄 하정문화사 (031-932-0056)

펴낸곳 해피스토리
주소 서울 마포구 서교동 393-5 화승리버스텔 702호
전화 02-730-8337 **팩스** 02-730-8332
이메일 happistory12@naver.com
출판등록 2006년 12월 6일 제300-2006-174호
홈페이지 http://www.happistory.com
당신의 이야기가 곧 역사입니다.

정가 10,000원
ISBN 978-89-93225-26-6 03180

※잘못된 책은 바꾸어드립니다.

표지·본문 사진 _ 김태우
표지·본문 디자인 _ 서진

나의 엄마,
유증형(柳憎馨)님께 이 책을 바칩니다

차례

책을 내며

　누구나 태어나 처음 하는 말, 누구나 살아가며 가장 많이 하는 말, 그러나 누구나 한 번은 피 맺혀야 하는 말, 엄마.

　둘러보면 세상은 그 '엄마표'가 아닌 것이 없다.
　밥을 먹을 때도 길을 건널 때도, 사람을 만나거나 물건 하나를 살 때도, 건강 조심해라 길 조심해라, 사람한테 친절하고, 물건 아껴 쓰라는 엄마의 잔소리가 조분조분 따라 다닌다.
　엄마가 계시는 한 바람 부는 것도, 비 내리고 눈 오는 것도, 단풍 들어 낙엽 지는 그 어느 계절도 봄 냉이 된장찌개 냄새나 호박 수제비 보글대는 푸근한 소리가 된다.
　그리고 '순애야 순애야' 부르는 엄마 목소리와 하얗게 깎아

내미는 엄마의 가을 산밤을 생각하면 애잔함과 오롯함이 밀물져 온다.

애교쟁이 첩의 영혼이라 품 속을 파고든다는 봄바람이 차다. 블라우스 단추를 여미고, 재킷주머니에 손을 찌르면 만져지는 작은 메모장 하나. 이 책은 그 메모장에서 시작됐다. 메모하는 습관이 있긴 하지만 이 메모는 사실 나와 엄마의 전투 기록이다.

엄마는 올해 8학년 2반인 할머니다. '노인'과 산다는 게 때론 그 고집과 완고함에 가슴 답답해지고 잦은 의견 충돌로 하루 걸러 싸움판이지만 그래도 엄마의 정신 건강엔 약이 되니 엄마가 막내딸과 토닥토닥 싸울 수 있다는 게 다행이란 생각도 든다. 외로움에 비해서는 말이다.

때론 잔소리 같고, 때론 짜증났던 엄마의 말들.
하지만 '옛날 분'인 엄마는 엄마의 버전과 방식대로 자식을 사랑하셨고, 세상을 헤쳐 오셨다. 언제부턴가 그런 엄마의 말들이 하나 버릴 것 없는 가르침이자 유산이란 생각이 들었고, 엄마 말에 딴죽을 걸던 난 조용히 엄마 말을 듣고 그 말을 조각조

각 옮기기 시작했다.

　나이 마흔 둘에 엄마한테 '철부지'란 소릴 듣는 내가 늦게나마 철이 난 건진 모르지만 엄마가 조금이라도 더 정정하실 때 잔소리 같아도 지혜 깊은 엄마의 말들을 엮고 싶었다. 엄마 모르게 여기저기에 적어 놓은 메모지를 정리하면서 여태까지 보살펴 준 엄마의 소리 없는 사랑과 위로와 격려가 뜨겁게 가슴에 사무쳐 올랐다. 그러나 엄마는 내가 안 보는 곳에서 깊은 한숨을 쉬시지 않았을까.

　막내는 늦게 태어나 부모님과 함께 할 시간이 짧기에 '엄마가 내게 잘 해 줘야 한다'는 투정이 얼마나 유치했던가. 책을 쓰는 동안 엄마 살아계실 때 내가 분명히 해야 할 일이 무엇인지 가슴에 도장찍듯 꽝 찍혔다. … 유구무언이다.

　부르기만 해도 눈물 나는 말, '엄마.'
　나의 엄마는 누구보다 평범한 대한민국의 어머니지만, 그러나 누구보다 위대한 '내 엄마'다. 스스로에게와 남에게 부끄러워 하는 마음 큰 '무명인'의 엄마 이야기이긴 하나 대한민국의

모든 딸, 아들과 함께 하고 싶다.

　이 책은 엄마와 나의 일화를 토대로 약간의 상상력을 양념처럼 보탠 이야기들로 구성됐다. 글쓰기는 언제나 새로운 실험이자 도전이고, 자신을 들들 볶는 일이다. 그런 점에서 또 많이 배웠고, 쓴다는 건 끝이 없는 자기와의 싸움임을 새삼 깨닫는다. 덕분에 흰머리가 부쩍 늘었다.

　주변의 도움 또한 많았다. 혹독한 동면(冬眠)동안 따뜻하게 위로해 준, 이름을 다 밝히지 못 하는 지인들께 이 순간을 빌어 사랑의 말을 전하고 싶다. 나의 '119' 조지연과 김태우, 신부철, 유슬기, 강미래, 이주영, 이가영에게도 깊은 고마움을 느낀다. 해피스토리의 무궁한 발전을 바라며, 대한민국 모든 어머니께 감사드린다.

2010년 3월 13일
최순애

엄마의 우물

"어제 왜 안 들어왔냐?"

해거름 뉘엿한 초저녁이었다. 휴대폰을 받자마자 어제 왜 외박했냐며 칼칼한 엄마 목소리가 귓불을 꼬집어 댔다.

삼십 년 넘게 닦고 문질러 클린싱크림 도포한 이마처럼 반지르르 윤이 나는 마루짱. 엄마는 그 위에 무료한 시간을 팔베개하고 까무룩히 빠져들었던 낮잠서 막 깨어난 게다. 그리고는 저녁을 아침으로 착각한 채 다짜고짜 딸의 외박을 윽박지르고 있다.

"외박은 뭔 외박. 아침에 챙겨준 밥 먹고 나왔잖아, 티비 켜봐, 지금 아침 아니거든?"

요즘 들어 엄마는 부쩍 낮잠이 잦았다.

"저승잠 자는 거란다."

만성폐쇄성폐질환으로 입원한 아버지의 몸은 수액이 공급되지 않는 도장지처럼 메말라갔다. 하루가 다르게 기력이 빠져 나가는 아버지 몸엔 대신 그만큼의 잠이 채워졌다.

엄마는 아버지의 잠을 저승잠이라고 했다. 저승사자를 기다리느라 이승의 손길이 흔들어도 눈 뜰 수 없는 잠. 엄마의 낮잠은 그 저승잠의 연습일까. 깨어서도 낮 밤의 분별없는 엄마의 잦은 낮잠이 문득, 서럽고 문득, 무섭다.

"왜 자꾸 낮잠 자요. 그러니까 새벽 잠 없는 거지 나이 땜에는 무슨 나이 땜에."

"누군 낮잠 자고 파 자냐? 늙어 기운 딸리니까 낮잠도 이기지 못하고 밤잠도 싹뚝 짤린 게지… 너도 늙어봐 고딴 소리가 나오나… 내 집에서 잠도 맘대로 못 자냐? 늙은 어미한테 자라마라 철딱서니 없이… 끊어, 꿈에 아버지 봤다 운전 조심해."

"할머니, 나도 사십댄데 철이 왜 없어, 알았어."

기분이 좋을 때나 눈치보며 어렵사리 말을 꺼낼 때면 난 엄마를 '유 박사'로 부른다. 그리고 지금처럼 티격태격할 때 부르는 호칭은 '할머니'다.

사실 엄마는 올해로 8학년 2반이다. 여든 둘의 나이. 그러니 할머니가 당연하지만 그 '할머니' 호칭에 맞서 엄마는 사십 넘은 딸을 '철부지'라 부르며 응수한다.

엄마와 내가 서로 쏘아대는 '할머니'와 '철부지'란 호칭은 세월이 지나도 여전히 붙어 다니는, 내겐 부끄러웠고 엄마한텐 섭섭했던 기억의 꼬리표다.

엄마는 서른아홉에 나를 낳았다. 그러니 내가 초등학교 입학할 때 엄마는 사십대 중반이었고, 중학교 때엔 오십대였다. 난 그런 할머니 같은 엄마가 친구들 보기에 창피하고 부끄러웠다.

"순애야, 니네 엄마 온다."

친구가 가리키는 손가락 끝점에 마주 걸어오는 엄마가 보였다.

"아니야, 우리 엄마. 너희들 먼저 가."

초등학생 때도, 중학생 때도, 그리고 고등학생 때도 그랬다. 친구들 속에서 나는 흰 머리 희끗하니 주름진 엄마를 피했다. 그런 날이면 꺽꺽 울음에 받쳐 이불을 뒤집어썼다. 어깨를 들썩이며 목이 메어지는 설움은 엄마를 외면한 죄책감 때문이 아니라 '난 주워온 아이'일 거라는, 속절없이 밀물지는 외로움 때문이었고, 길러준 엄마가 하필 할머니 같은 데 대한 창피함 때문이었다.

하지만 엄마에 대한 창피함, 그것이 엄마에겐 평생 섭섭함을 긷는 우물이라는 걸 난 눈치 채지 못했다.

"엄마가 창피해? 늙다리라서? 철 좀 들어라. 철부쟈."

귀에 딱지 앉도록 들었던 엄마의 철없다, 철들어라는 말버릇의 정체를 안 것은 밥 그릇 때문이었다.

어느 날이던가, 저녁상 물린 밥 그릇을 그냥 내버려두고 막 일어설 때였다.

"밥 다 먹고 나면 그릇에 물 부어 놓아야 한다고, 그래야 부자 된다고 몇 번을 말했냐?"

잔소리도 올림픽이 있다면 엄마는 분명 국가대표로 출전해 당당히 금메달을 목에 걸고 애국가를 따라 불렀을 거다. 다 먹은 밥 그릇으로 물컵처럼 물을 따라 마시거나 물을 부어 놓아야 부자가 된다는 잔소리는 엄마의 화려하고 변화무쌍한 고난이도 잔소리 기술들에 비하면 가장 기본적인 것이었다. 난 엄마가 바로 응용기술에 들어가지 못하도록 교란작전을 펴야 했다.

"물 붜 논다고 부자 되면 벌써 부자 됐어야지, 삼십 년 넘게 낡은 집서 사나? 그 거 다 미신입니다, 할머니."

엄마는 내가 '할머니'란 호칭으로 부르면, 샐쭉하니 말문을 닫곤 했다. 그런데 그 날은 달랐다. 엄마는 '철부지'란 호칭 속에

숨겨뒀던 비밀을 풀어 놓았던 것이다.

'엄마가 늙어서 창피했냐' 그 말은 엄마에 대한 내 창피함을 두레박 삼아 엄마의 가슴 속 깊은 우물에서 길어 올린 차고, 시린 섭섭함 그것이었다.

정말 몰랐었다. 엄마를 피해 딴 길로 돌아가거나 엄마가 지나갈 때까지 골목 담벼락에 몸을 숨긴 나를 보지 못했을거라 생각했다. 엄마를 피하는 내 그림자조차도 엄마는 보지 못했을 거라 믿었던 나의 완전범죄들. 그러나 엄마는 버선목 뒤집듯 진즉부터 환히 들여다보며, 당신의 가슴속 우물 깊이 두레박 하나 재워 두었었던 것이다.

"내가 뭐, 언제?"

"다 봤어, 이것아 담벼락에 찰거머리처럼 찰싹 붙어 힐끔대는 거. 세상천지에 엄마 보고 도망가는 자식도 있냐? 이 철없는 것아."

나는 내 빈 밥그릇에 물을 부으며 곱게 눈을 흘기는 엄마 겨드랑이에 팔을 걸고 머리를 기댔다.

"어떻게 봤어? 봤으면 그 때 말을 하지, 아니, 막 패주지 그러셨어, 응 유 박사."

"어떻게 본 늦둥인데, 때릴 데가 어디 있었다구… 이거나 어여
마셔."

물 부어 담은 밥그릇을 내미는 엄마 손에 꽃이 피었다. 눈시울
젖어 자꾸만 흐려지는 엄마 손등의 저승꽃.

"왜 미신 믿는 늙은 어미가 주니까 챙피해?"

"아니, 누가 그래 챙피하다고, 부자 된다며? 나도 부자 될 거
야. 부자 돼야지."

엄마 가슴 속 우물 한 사발을 비우던 그 날. 엄마의 섭섭함도
내 어린 시절 철없음도 섞어 비우며 난 엄마 말대로 마음 한 사발
뜨거운 진짜 부자가 되었다.

이사간다, 이사간다

"엄마야! 으얏 이게 뭐야, 뭐야, 엄마 저거 봐 저거 좀 봐!"

개미 한 두 마리쯤은 괜찮다고 생각했었다. 형광등 불빛에 반짝이는 해골 같은 머리. 그리고 거기서 삐져나온 실지렁이 같은 더듬이를 위 아래로 흔들며 벽을 타고 내려왔던 놈들이 왔던 길을 되돌아 가서 눈앞에서 사라질 때까지만 해도 그깟 몇 마리쯤은 대수롭지 않게 외면해 줄 수 있었다.

하지만 그건 착오였다.

처음엔 누가 벽지에다 고동색 색연필로 길게 주우욱! 줄을 그려 놓은 줄만 알았다. 그런데 색연필로 그어 놓은 것 같은 그 줄은 움직이고 있었다. 문설주 틈에서 꾸역꾸역 빠져나오는 개미들의 행렬은 벽을 타고 내려와 문지방까지 길게 이어져 있었다.

"봄이라 새 집 찾아서 분가하는가 보다."

내 호들갑에 불려온 엄마는 쪼그려 앉은 무릎에 양팔걸이를 하고 개미들의 행렬을 신기한 듯 들여다보았다.

"분가는, 개미가 무슨 분가야, 몰라몰라, 당장 이사가, 저 거봐 저 것들하고 더러워서 어떻게 살아, 당장 이사 가자, 응? 엄마, 응?"

문지방을 넘는 개미들의 행렬 때문에 나는 방 밖으로 나갈 엄두도 못 내고 발만 동동 굴러댔다. 그런데 그런 나를 아랑곳없이 엄마는 몸을 앞으로 숙이고 뭐라고 입속말로 중얼거리기 시작했다.

"이사간다, 이사간다."

나는 내 귀를 의심했다. 30년 전 기와집을 현대식으로 개조한 엄마 집은 엄마에게 삼십 년 지기 벗과도 같은 존재였다.

아귀가 맞지 않아 바람만 불면 삐익삐익 바람풍금 소리를 내는 대문도, 비 그치면 웅덩이지는 물 빠짐 서툰 마당도, 그리고 겨울이면 황소바람이 새어드는 낡은 창틀도 엄마에겐 그저 눈에 익고 손에 닿는 익숙한 풍경일 뿐이었다.

세월에 곰삭아 낡아온 집에서 엄마의 삼십 년 세월 또한 그렇게 함께 풍화되었으니, 나와 언니들, 그리고 오빠를 포함한 우리

6남매에게 있어 집은 엄마의 분신이었고, 엄마는 집이 있음으로 해서 완성되는 조각그림이었다.

　그런 엄마가 새 집 찾는 소라게처럼 제 소라껍질에서 빠져나와 이사를 가겠단다.

　"정말이지, 이사 갈 거지?"

　"이사간다, 이사간다."

　믿을 수 없는 일이었다. 너무 쉽게 이사 가겠단 엄마의 말에 처음엔 막힌 체증이 한꺼번에 뚫리는가 싶었는데, 이사간다는 말만 되뇌고 또 되뇌는 엄마가 오히려 걱정되기 시작했다.

　내가 태어난 우면동의 지명을 풀면 소가 잠자는 동네란 뜻이다. 주위 산들이 평풍처럼 둘러 싼 우면동은 그 이름만큼이나 평화로운 농촌마을이었고 엄마가 시집올 적만해도 동네는 온통 논이요, 채소밭이었단다.

　아지랑이 지핀 채소밭을 배추흰나비들이 너울대던 그런 풍경은 이제 아스팔트에 묻혀 자동차들만이 씽씽 내달리고 있지만, 엄마의 기억은 여전히 아스팔트 아래 밭두렁을 따라 걷거나 채소밭 고랑고랑을 더듬고 있었다.

　"아휴, 또 화장실 냄새나, 제발 이사 좀 가자."

며칠 전, 코끝 싸하게 역류하는 화장실 냄새 때문에 코볼을 움켜쥐고 코맹맹이 소리로 이사를 보챘을 때만해도 엄마는 막무가내였었다.

"비가 오려니 그러는 거다, 다 밭에다 둘렀던 거름 냄새다, 죄들 그렇게 먹고 살았잖나. 고소롭기만 하구만서도."

뒷골을 어질어질 두드려대는 화장실 냄새 따위는 엄마에겐 살아온 날의 아련한 향수일 뿐이었다. 떨어져선 살 수 없는 샴쌍둥이 같은, 엄마에게 집은 그런 존재였다.

"엄마, 괜찮아? 이사 가도 괜찮아?"

엄마를 따라 쪼그려 앉은 나는 조심스레 엄마 얼굴을 살폈다. 이제는 자주하던 염색드, 파마도 통 관심을 두질 않아 영락없는 호호백발 단발머리 할머니가 된 엄마는 이리저리 당신 표정을 살피는 나를 보더니 배시시 미소를 지었다.

"봐라, 이사간다고 간다고 하니까 지들이 먼저들 갔지?"

엄마는 입가에 자랑스러워마지 않는 회심의 미소를 머금고는 쪼그렸던 무릎에 손바닥을 짚어 '끄으응' 허리를 폈다.

"이사는… 우리, 이사 안가?"

엄마는 겨드랑이에 팔을 넣어 부축해 일으키는 나를 빤히 쳐다보더니 화들짝 팔을 뺐다.

"얘가 지금 뭔 소리하냐? 저것들 들으라고 한 소리지, 내 집 두고 가긴 어디 넘 집엘 가자냐."

엄마는 주름 잡힌 치마에 손다리미질 하던 두 손바닥을 그때까지 사태 파악 못한 채 서 있는 내 미간에다 대고 탈탈 털어보였다.

"그럼, 이사간다고 이사간다고 한 게 나한테 한 게 아니라, 개미한테 얘기한 거야? 그걸 개미가 알아들어?"

"알아들었으니까, 갔잖냐, 봐라 없지. 우리가 이사하면 정 줄 곳 없으니까, 그래 떠난 거 봐라. 집은 정든 집이 좋은 거지 뭐가 좋은 집이냐."

그 날 나는 수수대궁처럼 쇠잔한 몸을 허적이며 방을 나서는 엄마의 어깨 너머로 날아오르는 배추흰나비들을 보았다.

어디서 그런 힘이 났을까. 걸음발 떼기조차 불편해 하던 엄마는 배추흰나비를 따라 성큼성큼 걸어갔다. 엄마가 걸음을 뗄 때마다 아스팔트에 묻혔던 채소밭이 엄마의 보폭만큼씩 추억으로 펼쳐지고, 엄마는 그 추억으로 만든 엄마의 집 마당을 배추흰나비 빛 백발 단발머리를 너울대며 걷고 또 걷고 있었다. 엄마에게 이사란 새 집에서 시작될 늙은이의 시간만 그러쥐고 견뎌야 하는 추억의 고려장인 것이다.

스무 살적에 시집와 신접살림을 시작한 동네와 추억으로 만든 엄마의 집. 30년 전 단독주택으로 바뀐 그 집 마당에 첫 발을 디디던 그 즈음의 젊은 자신과의 이별이 싫은 엄마. 그래서 엄마는 이사가 두려운지도 모른다.

난 엄마 집에서 산다

누가 어디 사냐고 물으면 난 자동응답기처럼 대답한다.

"엄마 집에서 살아요."

무슨 구 어디, 일산의 뭐뭐 아파트도 아니고 그렇다고 아버지, 오빠 집도 아닌 엄마 집에서 산다면 듣는 사람 중 십중팔구는 아리송해 하거나 헛웃음을 피식거리기 마련이지만, 사실이다. 난 엄마 집에서 산다.

"여기 있던 스뎅 어됐냐, 버렸냐? 버렸냐구?"

엄마 집 부엌은 내가 왜 '엄마 집에서 살아요'라고 하는지 가장 확실히 이해시킬 수 있는 공간이다.

엄마 집 부엌은 접시부터 냄비, 국그릇, 밥그릇 하나하나까지, 그리고 수저 한 벌에서 바가지 하나까지도 모두 '엄마 것'으로 채워져 있다. 이 빠진 접시도 엄마 거, 하도 오래 써서 입 닿는 자리가 얇게 닳아진 커피 잔도 엄마 거, 심지어 내 돌때 썼던 사십 년 넘은 주먹덩이 만한 스테인리스 밥 그릇도 엄마 거다.

그 많고 많은 부엌살림 중에서도 엄마가 가장 기특하니 맘에 들어 하는 것은 아무리 스테인리스라고 고쳐줘도 굳이 스뎅이라 고집하는 엄마식 발음의 그 스뎅 그릇들이다.

"것 좀 내려 봐라."

허리가 구부러져 불편한 엄마는 선반찬장에 장다리처럼 포개 쌓은 스테인리스 그릇을 가리키며 의자 등받이를 붙잡아 주었다.

"어떤 거?, 이거?"

의자에 올라 선 나는 엄마와 스테인리스 그릇탑을 번갈아 내려다보고 올려다보며 엄마가 가리키는 손가락 방향에 맞춰 스테인리스 그릇의 둥근 엉덩이를 이 놈 저 놈 찔러댔다.

"그래, 그 거. 지금 니가 짚은 거, 그 거하고 고 밑에 거하고."

엄마가 손가락으로 허공에다 점을 찍어대며 짚어 준 그 거와 고 밑에 거는 수두룩한 스테인리스 그릇 중에서도 가장 오래되

보이는 '스뎅'이었다.

"요새 누가 무겁게 이런 걸 써. 손목 부러지게, 좀 버리자, 본전 뽑고도 남았겠다. 것도 아주아주 옛날에."

나는 '그 거와 고 밑에 거' 두 개 스뎅을 훼리릭훼리릭 뒤짚었다가 땡땡 박치기를 시켰다.

"깨지길 하냐, 좀체 닳기를 하냐, 물때 타도 박박 씻어 놓으면 반짝반짝 새 거 같고, 이케 저케 아무케나 써도 좋고, 이뿌구. 인내라."

엄마는 내 손에서 고문 받고 있는 당신의 이뿐 스뎅을 홱 낚아채더니 가지런히 포개 싱크대 물 빠짐 강판 위에 올려놓았다.

그런데 이틀이 지나도 엄마는 그 이뿐 스뎅을 반짝반짝 새 것으로 만들지도, 그렇다고 다시 찬장에 고이 모실 생각도 없이 놓은 자리 그대로 방치해 두고 있었다. 난 '그 거하고 고 밑에 거' 두 개 스뎅이 엄마한테 버림받았다고 생각했다.

그 이틀 사이, 엄마의 애정전선은 스뎅에서 마당의 화분으로 옮겨 갔다.

지난 한 해, 화분아 터져라 내내 웃자란 치자를 이리저리 손뼘으로 재어 보거나, 새초롬히 잎눈을 내 단 수국화분을 기울여

물 빠짐 구멍에 손가락을 넣어보거나, 아님 마루에 앉아 한참씩 화분들과 눈맞춤하던 엄마가 외출했을 때, 난 엄마한테서 버림받은 '그 거하고 고 밑에 거' 스뎅 두 개를 재빨리 마당에다 묻어버렸다.

한 이틀 엄마의 관심에서 멀어졌다지만 엄마 눈에 띄는 곳에 있는 한 언젠간 구질구질하기 짝이 없는 '그 거하고 고 밑에 거'를 엄마는 반짝반짝 윤나게 닦아, 보란 듯이 부활시킬 게 분명했다.

처음엔 집 안 어디 안 보이는 곳에 숨길까도 생각했었다. 하지만 엄마는 손금 보듯 집 안 구석구석을 훤히 꿰고 있으니 마땅히 숨길 곳도 없었다. 엄마가 다시는 꾀죄죄한 스뎅을 쓰지 못하게 이 궁리 저 궁리하다 결정한 게 '그 거하고 고 밑에 거'를 쥐도 새도 모르게 마당에 묻는 것이었다. 하지만 내가 마당에 묻은 건 스뎅이 아니라 내가 밟게 될 지뢰였다.

"버렸냐니깐!"

외출에서 돌아온 엄마는 '그 거하고 고 밑에 거'가 묻혀 있는 마당을 지나 곧바로 부엌으로 행차했다. 그리곤 당신의 이뿐이 스뎅이 없어진 걸 확인하곤 나를 쥐 잡듯 몰아부쳤다.

"그냥… 계속 쓰지도 않고 계속 여기 그냥 있으니까…."

"그래서?"

"엄마가 안 쓰는 줄 알고, 그냥…."

"그래서, 버렸냐니깐!"

엄마는 인중에 땀까지 맺혀가며 눈을 부라렸다. 누가 스텐하고 나를 바꾸자고 하면 얼씨구나 당장에라도 바꿔 버릴 기세다. 잔뜩 화가 난 엄마를 보며 난 그깟 낡아빠진 스텐이 뭐라고 이토록 쥐잡듯 하나 싶어 욱하는 심정으로 홱!하니 엄마를 등졌다.

"버리기만 해? 구질구질한 거 꼴뵈기 싫어 확! 마당에다 묻어 버렸어."

난 제풀에 억울해져 마루짱을 쿵쾅대며 마당으로 나왔다. 엄마는 그런 내 뒤를 따라오며 뒤통수에다 연신 콩을 볶아댔다.

"여자가 말야 알뜰해야지, 막 갖다 버려? 니 살림이면 그래? 왜 엄마 물건 건드려?"

늘 "헌 게 있어야 새 게 있지. 버리는 거 너무 좋아하면 못 쓴다"는 말을 입에 달고 살았던 엄마였다. 노발대발 쏟아지는 엄마의 잔소리가 홍수 지도록 난 '그 거하고 고 밑에 거'가 묻혀 있는 마당 자리를 꺾어 신은 운동화발로 북북 문지르며 억울한 심사를 눌러 삼켰다. 고혈압과 고지혈증 때문에 매일매일 약을 달고

사는 엄마였다. 더 이상 그런 엄마의 화를 돋아대며 부채질을 할 순 없었다.

"여기."

나는 어깨를 늘어뜨린 채 운동화발로 스뎅 묻은 자리를 까닥까닥 두드려 보였다.

"파!"

엄마의 '그 거와 고 밑에 거' 스뎅은 그렇게 다시 부활했다. 엄마는 그 스뎅으로 마당의 흙을 퍼 담으며 실뿌리가 넘치도록 좁아진 치자와 수국을 큰 화분에 옮겨 심었다. 모종삽으로 변신한 '그 거'와 물뿌리개로 변신한 '고 밑에 거'는 다시 채송화와 베고니아 화분의 물받침으로 엄마의 사랑을 받았다.

햇살이 노골노골해지고 바람도 흐물흐물해진 봄날 마당의 치자가 평수 넉넉한 화분 위로 꽃대를 올려 생크림 빛 꽃잎을 열었다. 마당 한 가득 꿀물 도는 치자꽃의 달달한 향기를 호흡하느라 엄마는 지팡이를 또각이며 마당을 순례한다.

그 거하고 고 밑에 거 스뎅은 여전히 엄마의 애정전선 속에 붉고, 샛노란 채송화와 베고니아 꽃을 받들어 엄마를 미소 짓게 하고, 버리기 좋아하는 죄 많은 나는 꽃향기를 호흡하는 엄마 뒤에서 허리를 안고 등에 얼굴을 기댄다.

"유 박사."

"왜 또?"

"있잖아 나 말야, 유 박사가 스뎅이었음 좋겠어."

"구질구질 하데며, 왜 내다 버릴려고?"

"깨지지도 않고, 닳지도 않고, 가꾸면 다시 반짝반짝 예뻐지고… 엄마, 늙지 않는 스뎅 해라."

봄 날 마당 지피는 치자꽃 향기, 그 달달한 향기도 엄마의 것인, 난 엄마 집에서 산다.

손바닥 다르고 손등 다르지

"너하고 난 태어나지 말았어야 해."

웃자고 하는 얘기인데도 난 큰 언니 말에 대놓고 맞장구 칠 수가 없다. 큰 언니 말에 동의 못하겠다는 것이 아니라 난 그럴 군번이 아니기 때문이다.

누구도 6남매 중 맏이인 큰 언니와 막내인 나를 언니 동생으로 봐 주지 않는다. 그도 그럴 것이 큰 언니와 내 나이가 자그마치 14살 차이니 그 어떤 누가 우리를 한 자매로 봐 주겠는가. 앞으로 봐도 엄마고 딸이요, 뒤 꼭지를 봐도 딸이고 엄마인 게 지당하고 당연한 노릇일 테니 말이다.

그러니 감히 어떻게 언감생심 큰 언니가 손 흔든다고 덩달아

손을 흔들며, 웃자 한 말이라고 선뜻 되바라지게 맞장구를 쳐낼
수 있겠는가. 게다가 한참을 우러러 뵈는 나이 차이는 고사하고
라도 환갑 다되도록 갈고 닦아 입 안의 혀처럼 엄마를 녹이는 큰
언니의 수다는 말 수 적고 말 주변조차 없는 나를 그저 나 잡아
잡수하고 주눅들게 한다.

　"정말이라니깐, 막내 넌 아들 빙자해서 태어났고, 난 엄마 고
생하는 데 혹 붙이려 태어난 거라니깐, 그지? 막내 제 고추 탈 쓰
고 나온 거 맞지 엄마."
　엄마는 큰 언니가 귓불에다 호호 불어대는 수다에 설레설레
손사래를 치면서도 한 입 가득 머금었던 웃음을 참지 못하고 무
릎까지 들썩이며 봉숭아 씨방 씨 터지듯 호호호호 웃음을 터뜨린
다.
　"에이 정말, 고추탈이 뭐야."
　난 짐짓 골을 내보지만 큰 언니 말은 사실이다. 난 고추탈을
쓰고 태어났다.

　빈껍데기만 남은 경주 최부자집 막내 아들한테 시집 온 엄마
는 소였다.

한 발 딛고 김매고 한 번 허리 펴면 물 긷고, 언 물에 빨래하고 언 발로 나물을 팔았다. 시어머니 시집살이를 들쳐 업고, 동서 시집살이는 층층이 머리에 이고, 돌아서면 일이고 다시 돌아서면 한숨받이였던 엄마는 딸만 줄줄이 낳아대는, 집안 대 끊을 몹쓸 며느리였다.

"니 오빠가 날 살렸다."

큰 언니가 깎아 준 산밤을 내게 집어주며 엄마는 손바닥으로 가슴을 쓸어 내렸다.

엄마한테 오빠는 내리 딸만 낳은 죄 값을 한 방에 갚아준 감사함 그 자체였다.

시어머니가 내어 준 김 오르는 미역국 소반 앞에서 엄마는 울다가 웃고, 웃다가 또 울었다. 대문엔 붉은 고추를 주저리주저리 매어 단 금줄이 걸리고, 그 오른새끼 금줄에 시어머니 웃음도 함께 매어 달렸지만 아들 못 낳는 년이란 코뚜레만 풀렸을 뿐 엄마는 여전히 허울 좋은 최부자집의 일소였다.

"니 할머니가 그러시더라, 나무에 달린 열매가 다 손에 들어오냐고, 뭔 말인고 하니 땅에 떨어지는 것도 있으니 오빠 하나론 안 된다 이거지."

"그래서 넷째랑 니가 태어난 거야. 할머니가 하도 아들 아들

해싸니까, 아들 하나 더 볼 욕심에."

큰 언니는 깎은 산밤을 얇게 저며 엄마 입에 넣어주고는 손바닥 비질로 방바닥에 흩어진 밤껍질을 쓸어 모았다. 소 잡아먹은 티는 안 나도 밤 까먹은 티는 난다던 엄마 말처럼 밤 껍질이 수북하다.

"그래도 고추탈이 뭐야 기분 나쁘게."

난 엄마가 집어준 깎은 산밤을 입에 넣고 '우두둑' 씹었다.

가을이면 엄마는 산을 탔다. 산에는 제 풀에 송이 벌려 떨어진 산밤들이 낙엽 사이사이 올백혀 있곤 했다. 엄마는 허리 아픈 것도 잊은 채 낙엽들을 뒤져 주운 산밤을 바구니 가득 허리에 끼고 집으로 돌아왔다.

긴긴 겨울밤 시어머니 군것질하시라 무릎 저리도록 사발그릇 가득 하얗게 산밤을 깎아내던 엄마는 '시'자만 들어도 오금이 저리다던 그 '시어머니'가 되었지만 여전히 가을이면 동네 우면산 낙엽기슭을 뒤져 이제는 자식들 군것질하라고 저린 손목으로 새하얗게 산밤을 깎곤 한다.

"눈 한번 감았다 떴는데 백발이더라."

큰 언니가 저며 입에 넣어 준 산밤을 오물오물 씹는 엄마의 입자위도, 엄마의 그 입자위를 손수건으로 찍어 닦아주는 큰 언니 입자위도 겨우내 말라 물 빠진 산밤처럼 쪼글쪼글 주름골이 깊다.

골목배웅으로 큰 언니 손에 고추장단지를 들려주고 들어온 엄마가 얕은 낮잠을 털고 화장실에 간 사이, 집 전화벨이 울렸다.

"응. 큰 언니, 잘 들어갔어? 응, 화장실에. 엄마랑 말하다 보면 간혹 내가 열이 나서 그러지. 약 꼬박꼬박 챙겨드려, 걱정 마. 응, 그래. 전화 왔었다고 할게. 응, 응."

내가 전화를 끊자마자 전화벨 소리가 궁금했던 엄마가 미처 치마 고리도 여미지 못한 채 화장실에서 나왔다.

"누구 전화냐?"

엄마는 치마 고리를 여미며 턱짓으로 마루 탁자 위 전화기를 가리켰다.

"큰 언니, 잘 도착했다고. 엄마 약 잘 챙겨드리고 재잘재잘 말동무 잘하라고. 밤 더 잡술래? 언니가 많이 깎아놨던데."

난 큰 언니가 시킨 대로 조잘조잘대며 엄마를 안방으로 부축했다. 하지만 엄마는 치마춤을 부여잡은 채 완강히 버텼다.

"너랑 통화했다고 나랑은 안하고 그냥 끊었어?"

엄마는 전화기 앞에 양반다리로 주저앉아 송수화기를 들었다.

"잘 들어갔다고 전화 왔는데, 뭘 또 전화해."

"손바닥 다르고 손등 다르지. 너랑 한 거랑 나랑 하는 거랑 같냐?"

입에 단내 나게 알콩달콩 얘기줄 감은 것도 모자라 엄마는 그새 또 말이 하고 싶은 거다. 나이 스물에 본 엄마의 첫 정. 그 큰언니 수다가 송수화기 너머에서 엄마의 귓볼에 호호 수다를 불어댄다. 나는 수다 삼매에 빠진 엄마 옆에 쪼그려 천태만상으로 변하는 엄마의 표정을 뜯어본다.

솥단지 밑창 뚫어지게 긁어도 채워지지 않던 가난과 칡덩굴처럼 감겨들던 아들 못 낳은 눈칫밥을 어금니 물고 견디느라 밭으로 들로 산으로 장바닥으로 다람쥐 쳇바퀴 돌듯 살아왔던, '눈 한 번 감았다 뜨니 백발이 된' 엄마는 엄마의 삶을 자식의 수다로 위로 받고 싶은 거다. 전해 듣는 말이 아니라 당신 귓볼에 간질이는 진짜배기 위로를 인감도장처럼 가슴에 쾅 찍고 싶은 거다.

"엄마, 손바닥 다르고 손등 다르다는 말은 어디서 들었어?"
"듣긴, 배웠지."
"누구한테?"
"세월한테."

산밤을 하얗게 깎아 내미는 엄마 머리카락이 산밤 속살보다 희다. 세월한테 배웠다는 손바닥 다르고 손등 다르다는 엄마 말처럼, 담장을 넘는 나와 엄마의 산밤 깨무는 소리도 '우두둑' '오도독' 다르다.

엄마 등대

동네 우면산에 초록이 들고, 매미들이 왱왱 대패질 소리를 내는 한여름에도 엄마는 보자기를 뒤집어 씌워 모가지에 매듭을 져놓은 선풍기를 좀체 풀어 놓지 않는다. 산에서 내려오는 골바람이 시원하고 좋다는 거다.

찬 물을 뒤집어써도 금새 부글부글 끓어오르는 열탕 같은 열대야 때문에 난 내 방에다 쌩쌩 선풍기를 돌리건만 엄마는 도통한 도인처럼 찜통 같은 안방에서 부채질만 살랑댄다.

"지금이 조선시대야? 선풍기 좀 틀어. 고깐 전기세 얼마나 된다고."

나는 저고리 섶 속으로 연신 부채질을 해대는 엄마가 궁색해 보여 선풍기 보자기를 확 벗겨냈다.

"그냥 둬라. 난 기계 바람 머리 띵해서 싫다."

엄마는 내가 벗겨 던진 보자기를 부채자루로 끌어 집더니, 다시 선풍기 머리에 뒤집어 씌웠다.

"아이고 우리 할머니 땜에 전력공사 사람들 다 굶어 죽겠네요. 조끄맣게 틀면 괜찮아."

나는 보자기를 걷어 바지주머니에 우겨 넣고, 선풍기를 틀어 엄마 앞으로 밀어 놓았다. 엄마는 세 짝 날개 중 하나가 귀가 깨져 탈탈탈탈 소리 내며 돌아가는 선풍기 머리를 부채로 두드렸다.

"시끄럽잖냐, 꺼라. 정신 사나워서 원."

처음엔 기계 바람이 머리 띵해서 싫다던 엄마가 이젠 날개 돌아가는 소리가 시끄럽다고 트집이다.

"알았어, 그럼 내 방 선풍기 갖다 틀게, 내 방에다 트나 엄마 방에다 트나 선풍기 한 대 트는 거니까, 그럼 쌤쌤이지? 됐지?"

난 내 방 선풍기를 가져다 팽팽 틀어 놓고 엄마 곁에 누웠다.

"여잔 뭐든 아껴 버릇해야 하는 거야, 그래야 살림 잘 한단 소리 듣고 부자 되고."

선풍기가 두리번두리번 고개를 저으며 날개를 쌩쌩 돌려 찬바람을 일으키는데도 엄마는 나를 보며 모로 누워 내게 부채질을

해 준다.

"고집쟁이, 짠순이, 엄마."

난 엄마 손에서 부채를 빼앗아 가슴에 얹었다.

사실, 엄마는 무턱대고 아끼기만 하는 원조 짠순이는 아니다.

옛날부터 동네 자랑할 게 없으면 물 좋고, 산 좋은 곳이라고 했을 만큼, 우면동은 정말 공기 좋은 곳이다. 그러나 한편으론 가로등 하나 변변치 못했던 궁색한 동네였다.

놀 거리도 군것질 거리도 옹색했던 어린 시절, 공깃돌을 올리거나 슬리퍼짝 벗고 맨발로 밟고 채던 고무줄놀이도 지는 해를 신호로 파장이 나면, 뿔뿔이 친구들과 헤어져 집으로 돌아가는 길과 골목은 먹물 들어 금새 어두워지곤 했다.

옆집도 그 옆집도 옹기종기 뒤웅박 같은 살림으로 가난했던 골목은 해 떨어진 늦저녁에도 불빛 하나 켜지지 않아 캄캄한 바다 같았었다.

집으로 돌아가는 다 저녁, 그래도 나와 우리 6남매만은 밤바다 같은 골목 어귀에서 빛나는 불빛을 길동무 삼을 수 있었다. 밤배를 인도하는 북극성 같은 불빛 하나. 그것은 6남매를 인도하는 엄마의 등대였다.

"선풍기 하나 트는 것도 아까워 벌벌 떨면서 빈 방에 전기불은 뭐하러 키는데?"

나는 부채를 채가려는 엄마 손을 잡아 쥐고 엄마를 보며 모로 누웠다.

식은 밥은 밥 뜸 들일 때 섞어 먹고, 금방 쉰밥도 아까워하며 물에 빨아 먹는 엄마였지만 초저녁이면 전기세 걱정 저 멀리 던져 버린 채 자식들 빈 방에 두루두루 전기불을 켜 놓았다.

어둔 골목을 빠져나와 마주하는 환히 밝힌 우리 집 창유리를 바라보면 마음도 절로 환히 따뜻해지던 내 어린 시절. 그 기억은 삼십년이 지난 지금도 변함없이 진행되고 있는 엄마표 풍경화다.

"오빠도 잘 되고, 너도 잘 되고, 자식들 다 잘 되라고. 공부도 잘되고 일도 잘되라고… 그러라고 그러지."

"그러면 잘 된데, 우리?"

두리번두리번 돌아가던 선풍기가 얼굴 쪽으로 바람을 몰아 부울 때마다 손바닥으로 얼굴을 가리며 이불을 당겨 덮던 엄마가 백발을 휘날리게 하는 선풍기 바람을 고스란히 맞고 있다. 미간에서 흐트러짐 없이 곧게 뻗어 솟은 콧등에 송글송글 땀방울을 얹어 놓고 엄마는 성긴 치아를 내보인 채 쌔근쌔근 꿈나라로 마실 중이다.

나는 엄마가 턱 밑까지 당겨 덮은 이부자락을 걷어 내리고 마른 대추마냥 쪼글쪼글해진 엄마 입술에 손가락을 대어 보았다.

　그 흔한 립스틱 한 번, 뾰족구두 한 번 제 대로 바르고 신어 볼 새 없었던 엄마가 그나마 동동구루무라도 찍어 바르며 그것도 치장이라고 거울 앞에서 시간을 보낼 때는 집 안 잘 되고 자식 잘 되라고 바리바리 치성 바치러 절에 갈 때 그 때뿐이었다.

　오래 전 어느 해 초파일 땐가 나는 엄마가 다니는 절엘 따라 갔었다. 절 입구부터 늘어 선 연등과 항아리 둥근 종이등들이 울긋불긋 색색으로 불 밝혀 바람 그네를 타고 있었다. 깜깜한 숲길을 따라 바람에 흔들리는 무지무지 커다란 반딧불들. 엄마는 그 중 한 불빛을 가리키며 내 손목을 잡아 끌었었다.

　"순애야, 이거 봐라 요기, 니 이름 있지? 오빠 이름도 있고, 언니들 이름도 있고."

　난 엄마가 허리를 낮추고 손가락으로 가리키는 배불뚝이 항아리 종이등의 제비꼬리 같은 헝겊을 살펴보았다. 정말 언니들 이름과 오빠 이름과 함께 '최 순애' 내 이름이 적힌 꼬리 헝겊을 매달고 커다란 반딧불 같은 종이등이 밤 숲길에 환히 켜져 있었다.

　"엄마, 여기 왜 내 이름이 있어?"

나는 커다란 반딧불 항아리 종이 등 앞에 두 손 모으고 허리 접어 인사하는 엄마의 치맛자락을 잡아당겼다.

"오빠도 잘 되고, 언니들도 잘 되고 또 너도 잘 되고, 공부도 잘 되고 일도 잘 되라고… 그러라고 있지. 너도 엄마 따라서 이렇게 절 해."

엄마는 내 두 손을 가지런히 모아주고는 그 종이등을 향해 다시 허리를 굽혀 인사를 했다.

"오빠랑 언니랑 나랑 그러면 우리 잘 되는 거야?"

나는 엄마가 허리 굽혀 절할 때 따라 허리 굽히고, 엄마가 허리를 펴면 따라 폈다. 엄마가 그런 나를 내려다보며 웃을 때 나는 엄마를 올려다보며 따라 웃었었다.

선풍기 바람이 엄마 백발을 휙하니 흩으려 놓는다. 기계 바람이 싫었던지 잠시 미간을 찌푸리던 엄마는 흐트러진 머리카락을 쓸어 넘기는 내 손길이 간지러워 웃음기를 물고 있다.

세상 밤바다 환히 돌아오라고 해 진 풍경에 커다란 반딧불을 밝히고, 허리 조아려 치성을 드리던 우리 육남매 등대지기가 백발성성해져 마실가는 꿈길.

이제는 내가 내려다보고 엄마가 올려다봐야 하는 그 세월의

밤길에 '너는 어떤 등대가 되어 불 밝힐 수 있냐' 고 맴매 맞아라 맴매 맞아라 '맴맴맴맴' 매미가 운다.

만물박사 유박사

일요일 아침이었다. 머리맡에서 고래고래 소리 질러대는 알람용 사발시계를 베개 밑에 깔아뭉개고 늦잠을 이어가려던 나는 사발시계 대신 왕왕대는 텔레비전 소리에 투덜투덜 이불 속에서 기어 나왔다.

"일어났냐? 해가 한 나절이다. 해 뜨기 전에는 일어나야지"

밥을 먹고 다시 자는 한이 있어도 아침밥은 꼭 제 시간에 먹어야 한다. 그러니 엄마 집에서 잔소리 안 듣고 제대로 얻어먹으려면 엄마가 정한 밥시간에 맞출 수밖에 없다. 엄마랑 설왕설래, 줄다리기가 싫은 내가 포기하고 맞춰야 한다.

텔레비전 앞에 신문지를 펼쳐 깔고 통마늘 껍질을 벗기고 있
는 엄마는 마늘 냄새에 매운 코를 훌쩍이면서도 텔레비전 화면에
서 눈을 떼지 못한다.

"뭐 재밌는 거 해? 홍 해봐."

난 마루 탁자의 티슈 몇 장을 뽑아 훌쩍대는 엄마 코 밑에 눌러
받쳤다.

텔레비전 화면엔 허연 허벅지를 드러낸 앳된 여자 연예인들이
손수건만한 핫팬츠 차림으로 댄스음악에 맞춰 고무줄 같은 몸을
배배꼬고 있었다.

"이그, 저 게 뭐야, 저게."

내 손을 잡고 '팽팽' 매운 코를 푼 티슈로 눈자위를 닦던 엄마
는 절래절래 도리질을 친다.

"이쁘잖아, 이십년만 젊었어봐 나도 쟤들처럼 이렇게 이렇게
응, 어때 엄마, 내 웨이브, 섹쉬하지, 그지?"

나는 잠옷 바지자락을 말아 올리고 건들흔들 엄마 얼굴에 엉
덩이를 들이댔다.

"섹쉬하다, 섹쉬해. 그렇게 섹쉬한데 시집은 왜 못 가나, 저리
치워, 안 봬."

엄마는 마른 통마늘 줄기로 내 엉덩이를 쿡쿡 밀어냈다.

"못 가긴 누가 못가, 엄마랑 살려고 꾹꾹 참고 안 가는 거지."

난 엉덩이를 문지르며 엄마 옆에 쪼그려 앉아 엄마가 털어낸 마늘쪽을 집어 들었다.

"참기는 뭐하러 참냐, 섹쉬한 거 아깝게. 여잔 저렇게 아랫도리 벗어부치면 못 써. 남자는 서늘하게 해야 좋고, 여잔 따뜻하게 해야 좋은 거지. 멋 부린다고 저렇게 다 벗어부치고 다니면 냉 걸리는 거야. 여잔 달거리가 정확해야 애도 잘 스는 건데 기지배들이 저케 벗고 댕기면 냉이나 앓지 제대로 애나 스겠냐."

엄마는 리모컨을 집어, 여전히 벗어부친 채 배배 몸을 비틀어대는 애 안 서게 생긴 기지배들을 얼굴 손 빼고는 온 몸을 둘둘 감아 감춘 한복차림의 아줌마로 바꿔 놓았다. 핫도그 같은 마이크를 두 손으로 모아 쥔 한복 아줌마가 무대 사회자와 인사를 나누는 동안 엄마는 계속 혀를 찼다.

"왜, 얼굴 빼곤 다 가렸구만. 이제 이 거 빻으면 돼지?"

나는 몽당 절구 공이를 집어 들고 플라스틱 절구에 마늘쪽들을 우르르 쏟아 부었다.

"저 봐라, 틀렸잖냐, 저렇게 오른치마로 입는 게 아닌데, 왼치마로 입어야지. 저 봐라, 저 봐."

엄마는 절구 공이를 움켜 쥔 내 손등을 토닥이며 대단한 발견

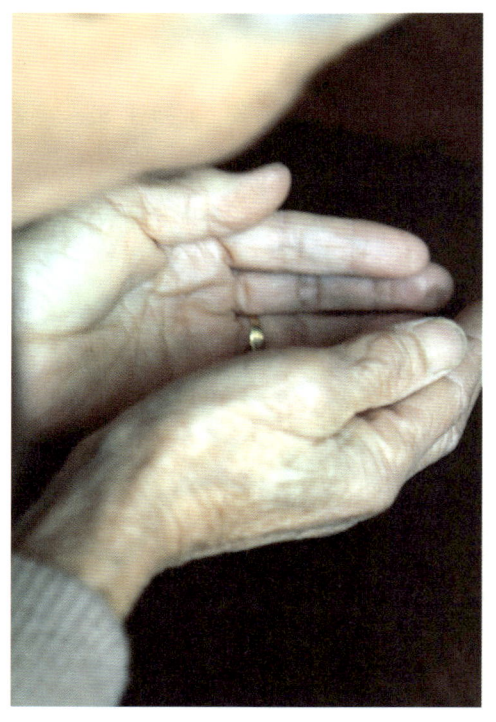

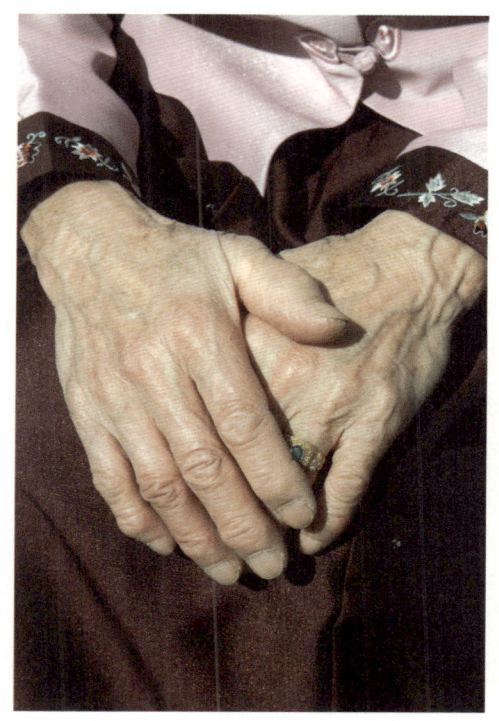

이라도 한 듯 어서 텔레비전 화면을 보라고 재촉이다. 다홍치마에 수박색 저고리를 차려 입은 화면 속 아줌마는 내 눈엔 곱고 참하니 보기에만 좋았다.

"뭘 곱기만 한데."

엄마는 내가 당신 말을 알아듣지 못하자 답답한 듯 자리에서 일어났다.

"한복 입을 때 저 애기 엄만 치마를 이렇게, 치마 끝을 오른쪽으로 여몄잖아, 이렇게 왼쪽으로 여며야 하는데."

엄마는 있지도 않은 치맛자락을 왼쪽 오른쪽으로 휙휙 감아 보이며 열심히 왼치마 오른치마 차이를 설명했다. 하지만 치마 끝을 왼쪽으로 여미든, 오른쪽으로 여미든 그 게 대체 뭔 상관인지, 난 그저 심드렁했다.

"아무 쪽이면 어때, 흘러 내리지만 않으면 돼지. 이 거 다할 거야?"

난 절구 공이로 조근조근 마늘쪽들을 눌러 으깨며 마저 남은 깐 마늘을 한 움쿰 집어 들었다. 엄마는 그런 내 손목을 낚아 쥐고는 나를 버쩍 일으켜 세웠다.

"봐, 따라해.

이렇게 왼쪽으로 치마를 쥐고 돌려, 저 애 엄마처럼 이렇게 오른쪽으로 입는 건 기생이나, 하녀들이나 그렇게 입는 거야."

엄마는 있지도 않은, 내가 쥐고 있는 치맛자락을 확인하고는 당신한테도 없는 치맛자락을 보란 듯이 왼쪽으로 휙 감아말고는 껌뻑껌뻑 눈짓으로 따라해 보란다. 마늘 한 줌 움켜쥔 손으로 공갈 치맛자락을 왼쪽으로 휙 감아마는 동안 기생도 아니고 하녀도 아닌 조신한 아줌마가 핫도그 같은 마이크를 뜯어먹을 듯이 닐리리 맘보를 부르고 있다.

"손톱 쓰레기통에 버리지 말고…"
"네네, 화장실에 버립니다요. 근데, 왜 화장실 변기에다 버려?"
마늘살 낀 손톱을 깎는 내게 엄마는 또 엄마표 지식을 동원한다. 손톱 발톱을 아침, 저녁이나 외출할 때 깎으면 재수 빠지니 삼가고, 깎은 손발톱은 또 휴지통에 버려서도 안 된단다.

"문지방 밟지 마라."
깎은 손톱을 화장실에 버리러 갈 때도 엄마의 문지방 사수 명령은 가차 없다.
"그러니깐, 왜 휴지통에 버리면 안 되냐고?"

무인탐사선이 화성 바닥을 샅샅이 뒤지고 인공위성이 머리꼭지까지 찰칵찰칵 사진을 찍어대는 세상에 맞서 엄마표 지식으로 무장한 엄마의 확고부동한 천하제일의 진리는 세월이다.

　"지켜서 해 될 거 없어. 다 옛날 어른들이 하신 말씀이야."

　엄마표 지식은 '딸은 들들 볶아 키우랬다, 문지방 밟지 마라, 해 진 다음에 손발톱 깎지 마라, 깎은 손발톱은 휴지통에 버리지 마라, 봄바람은 품안으로 들어가니 멋 부리지 말고 따뜻하게 입고 다녀라…' 이것도 말고 저것도 말고, 하지 말고, 또 하지 말라던 시어머니의 잔소리. 그 립싱크일지도 모른다.

　마늘처럼, 생강처럼 맵고 아린 것들이 어울려 제 맛 드는 김치 속처럼 누구의 며느리였던 엄마는 그렇게 고된 시집살이를 버무려 우리 6남매의 참 맛 든 엄마로 살아왔다.

　"네네, 만물박사, 유 박사님."

　저린 배추 레이스 치맛단을 홀러덩홀러덩 젖혀 처벅처벅 속을 넣는 엄마 앞에 나는 얼굴을 내밀고 새끼 새 마냥 입을 벌린다. 길게 찢은 배추를 속쌈 둘러 돌돌 말아 입에 넣어주는 엄마 눈앞에 난 힘차게 팔을 뻗어 엄지손가락 하나 세차게 치켜 올린다.

풀 먹은 눈물

　가스레인지 위에서 풀물이 보글보글 거품을 불어대기 시작한다.

　"불 쎄게 하면 안 돼. 눌지 않게 살살 젓고."

　내 면소재 옷들을 한 아름 욕실에 던져 놓으며 엄마는 풀 한 번 쒀 보겠다고 부엌을 점령한 내게 또 주의사항을 준다.

　"된 거 같은데, 불 끌까, 엄마?"

　나는 마루 쪽으로 고개를 빼고 엄마를 찾았다.

　"우선 끄구, 고 아래 싱크대 작은 서랍서 베보자기 좀 찾아봐라."

　내 방에서 베갯잇을 벗겨들고 나오던 엄마도 부엌 쪽으로 고개를 빼고는 손가락으로 싱크대 아래쪽을 가리켰다. 하지만 엄마가 가리킨 싱크대 작은 서랍은 물론 더 큰 서랍도 뒤지고, 더 작은 서랍까지 뒤져보았지만 베보자기는 보이지 않았다.

"없어, 없는데 싱크대에 보자기 없어, 엄마."

나는 다시 마루 쪽으로 자라목을 늘려 엄마를 불렀다.

"없긴 왜 없어, 덤벙대니깐 없지, 여기, 여기 있잖아."

부엌에 들어온 엄마는 당신이 가리켰던 '고 아래 싱크대 작은 서랍'을 홱 당겨 열었다. 그리고는 원숭이 이 고르듯 서랍 속을 뒤졌지만 여기 있다던 베보자기는 끝내 나오지 않았다.

"없다니깐, 딴 데 둔 거 아냐?"

엄마는 그때까지 한 손에 쥐고 있던 베갯잇을 식탁 위에 던져 놓고 아예 싱크대에서 서랍을 뽑아냈다.

"여기 분명 뒀는데…"

엄마는 서랍 속 물건들을 일일이 꺼내 식탁에 올려놓기 시작했다.

"없다니깐, 딴 데 둔 게 분명한데, 뭘. 이거 욕실에 갖다 둘게"

엄마가 식탁 위에 던져 놓은 베갯잇을 구깃구깃 말아 들고 욕실로 가려던 난 그만 허공에 발을 빠뜨린 것처럼 아득해졌다.

구겨 쥔 베갯잇 밑에 삐죽 혀를 내밀고 있는 베보자기. 엄마는

내가 풀을 쑤고 있는 내내 베보자기를 챙겨들고 다녔던 기억을 까맣게 잊고 있었던 거다.

"거기 분명히 둔 거 닺네, 자."

나는 아직도 닭 모래 헤집듯 서랍을 뒤지고 있는 엄마 손에 귀 맞춰 곱게 접힌 베보자기를 건네 줬다.

"어디서 찾았냐? 난 분명 여기 뒀는데."

엄마는 베보자기 한 번 보고 나 한 번 번갈아 보며 아직도 어리둥절하다.

"여기, 여 베갯잇 밑에 있더만, 계속 쥐고 다니셨구만, 뭘."

"내 정신하구는. 이럴 때 쓰라고 업은 애기 삼 년 찾는다는 말이 있나 보다."

엄마는 서랍을 제자리에 끼워 밀어 놓고는 무안한지 베보자기를 펴 털며 웃고, 나는 엄마가 털어대는 베보자기처럼 가슴이 털려 눈물이 난다.

동네 우면산 기슭은 물이 많았다. 바위틈을 흐르던 석간수가 갈래갈래 물길을 보태 샘물 진 약수를 엄마는 산물이라고 불렀다. 남들 등산배낭 메고 오르는 산길을 빨래 보따리를 이고 오르며 엄마는 엄마의 산물에서 빨래를 했었었다. 그 산물에 빨래를 하면 빨래가 옥이 된다며 흐르는 개울물을 속시원해 했다. 깔끔한 성격 때문에 고생을 사서 한 거다.

그렇게 한 여름에도 손끝 시린 산물로 때 거품 두드려 헹군 빨래가 마당 바지랑대에서 보송보송 마르면, 약수 먹고 햇살 밴 눈시리게 흰 내 옷에선 우면산 숲 냄새, 산물냄새가 향기로웠다.

"까끌까끌하단 말야."

"이쁘네, 시원하겠다."

엄마가 풀 먹여 다듬이질로 올 곱게 펴 말려 입혀 주는 여름옷들은 맨 살에 닿을 때마다 까슬거렸지만 엄마는 풀 먹인 옷태를 바라보며 기분이 근사해져 입가에 벙글벙글 웃음을 매달곤 했다.

풍뎅이들의 날개 프로펠러 소리가 불빛에 달려드는 저녁 마루, 다듬질 소리로 나의 잠 머리를 다독이던 엄마는 이제 봄꽃 피던 시절도, 산물에 일렁이던 초록 무성한 시간도 건너 고운 단풍 낙엽 흐득이는 산길을 홀로 가고 있다. 겨울 우면산 백설 봉우리 흰 눈을 하얗게 머리에 이고 걸음걸음 당신의 계절을 잊어 가면서.

"얼마나 말라야 돼? 바짝 마르면 되나?"

풀 먹인 옷들이 빨래줄 마당 가득 햇살을 튕겨내고 있다.

"내 정신머리가, 업은 애 삼년 찾는다더니 내가 그러네, 내가."

마루에 나란히 앉은 엄마가 절레절레 고개를 흔든다.

"걷어도 되는지 볼까?"

나는 엉덩이를 툴툴 털고 일어나 빨랫줄의 풀 먹인 옷들을 차례차례 손바닥으로 눌러 나가다 내 반팔 셔츠 옆에 널려 있는 조그만 엄마 저고리 앞에 멈춰 섰다.

"너무 마르면 안 된다. 주름 안 펴져. 적당히 풀기 있나 봐라."

난 엄마 저고리를 손바닥으로 눌러보다 그만 얼굴을 묻고 말았다.

"으으응, 엄마."

눈물이 난다. 까슬까슬 가슴에서 펴지지 않는, 풀 먹여 빳빳하고 빳빳한 눈물이 난다, 엄마야.

엄마밥 아버지국수

잠결에 갑자기 들이친 바람이 내 몸을 때그르르 굴려 댄다. 화들짝 놀라 눈을 떠보니 엄마가 이불을 걷어쥐고 있다.

"이불을 뒤집어 덮으면 하늘도 미워한다는데, 왜 뒤집어 덮어"

"아, 십분만 엄마, 십분만."

나는 엄마가 움켜쥐고 있는 이부자락을 부여잡고 매달렸다. 하지만 잠 끝이라 손아귀 힘이 없는 내 손은 이부자락을 놓친 채 허공에서 허우적거렸다.

"인나, 밥 먹고 나가야지."

엄마는 전의를 상실한 나를 전리품처럼 문지방 쪽으로 몰며 '헙,헙' 기합까지 넣고 있다.

"아유, 뭘 자셨어, 힘도 쎄, 정말."

"밥 힘이지, 밥 힘."

흰 쌀밥에 소고기국이 로망이었던 시절도 아니고, 밥그릇보다 위로 쌓아올린 밥이 더 높은 고봉밥을 가마솥 밥 푸듯 퍼 먹던 시절이 언젠데 엄마는 지금도 세끼 식사를 액면 그대로 '밥'이어야 한다고 굴뚝같이 믿고 산다.

엄마는 인스턴트 음식은 건강에 좋은지 나쁜지 대체 정체를 알 수 없는 것들 투성이라 싫고, 외식은 돈 아까워서 피하고, 밀가루는 소화 안돼서 입에 붙이지 않는단다. 평상시에도 엄마는 "네 덩치에 밥 한 공기는 먹어야 힘을 쓰지, 밥이 인삼이야"라고 귀에다 못질을 해대곤 했다.

그러니 난 아침마다 밥으로 식사를 해야 하는 줄 아는 엄마가 차려주는 밥상에 코 빠뜨리며 박박 밥 한 그릇을 비우고서야 비로소 출근 허가를 받는다.

"엄마, 난 잠이 밥보다 건강에 더 좋다고 생각해."

한 쪽 눈만 겨우 떼 애꾸눈으로 사정하는 내 턱 밑에 밥그릇을 밀어 놓은 엄마는 아예 숟가락까지 쥐어 밥에다 푹 찔러 넣는다.

"잠 더 잘려고 굶는 게 어디 법이냐. 다 먹고 나가. 밥도 잘 먹고 잠도 잘 자야지, 늦게 다녀 잠 부족하면 밥이라도 잘 챙겨얄

거 아냐. 늦어, 얼른 먹고 나서. 그리고, 아버지 기일이니까 일찍 오고."

8년 전 오늘이었다. 지병을 앓던 아버지가 우리 6남매 곁을 떠난 것도, 아버지와의 쉰 다섯 해 부부생활을 끝으로 엄마가 홀로 된 것도.

안양 시청 공무원이었던 아버지는 집을 떠나 회사 근처에서 지냈다. 엄마는 그런 아버지 살림과 시댁 살림 사이를 불려가고 불려오며 애면글면 살아내야 했다.

땅부자 소리 자자했던 경주 최씨 집안이었지만 막내인 아버지에게까지 물려내려 올 재산은 없었다. 아버지에겐 다만 지켜야 할 형제간 의리가, 그리고 엄마에겐 모셔야 할 층층의 동서 시집살이가 물려받았다면 물려받은 유일한 아버지 엄마의 유산이었다.

집을 나서자마자 시작된 정체가 좀처럼 풀리지 않는다. 차창에 간헐적으로 떨어지던 빗줄기가 조금씩 굵어지고 있다. 빗물을 긁어내는 윈도우브러시가 한 번씩 반원을 그릴 때마다 흐려졌다 맑아지는 거리 풍경처럼 아버지 엄마의 부부생활도 그렇게 흐렸다 개고, 맑았다 흐려지곤 했었다.

"내, 면 좋아하는 줄 알면서 어떻게 밤낮 밥만 내오는 감. 면 좀 삶을 소."

엄마 아버지는 손바닥도 짝 소리 나게 맞추지 못할 것처럼 모든 면에서 서로 달랐다. 아버지는 엄마가 밥 좋아하는 이상으로 면을 좋아하는 막내였고, 엄마는 면 좋아하는 아버지 그 이상으로 밥을 좋아하는 맏이였다.

비 가운데 노란 우비 차림의 교통경찰이 90도 각도로 팔을 접으며 진행 신호를 보낸다. 빗물을 튕겨내며 내달리는 아스팔트 멀리 황톳물 콸콸 흐르는 도랑가에 빨간 고무장화를 신고 우산 받친 어린 내가 보인다. 내 손을 잡고 있는 엄마도, 멀리 대나무 비닐우산을 풀썩이며 성큼성큼 걸어오는, 볼 수 없어 더더욱 보고픈 아버지도.

아버지가 집에 다니러 온 날, 난 평소대로 엄마 방문을 화들짝 열어 젖혔었다. 그러면 엄마는 옷매무새를 간종이면서 얼굴이 붉어지고, 아빠는 헛기침 소리를 내며 방문 앞에 뻘쭘이 서 있는 내게 가슴 넓이로 두 팔을 펴 내밀었었다. 내가 그런 아버지 품에

안기면 나를 무릎 둥개질하며 아버지는 엄마에게 벌쭉이 웃어보였고, 엄마는 쪽진 머리를 매만지며 빨개진 얼굴이 더 붉어지곤 했었다.

　"엄마, 웬 일이유?"
　큰 언니가 제사상 한 곳에 시선을 고정한 채 엄마 손을 잡는다.
　"웬 일은 뭐가 웬일이냐. 어여들 절 올려라."
　오빠가 향불 돌려 술잔 놓는 메밥 옆에 아버지가 좋아하던 그 국수 한 그릇이 놓여 있다. 6남매가 함께 절을 올리는 동안 엄마는 제사상을 울려 계란고명 고기고명 색색이 어우러진 국수 그릇에 가지런히 젓가락을 바친다.
　"실컷 드시우."
　…
　그리고 제사상 차리기에 대해서도 일장 연설을 빼 놓지 않는 엄마.

　남는다는 건 떠나는 사람을 배웅하기 위함이라지만 언젠간 나도 그렇게 떠나 해후할 것을 아는 것이라지만 그래도 바래본다. 엄마는 남는 자리에 남아 우리 6남매 곁, 떠날 자리 없는 망부석

되게 해 달라고.

　　엄마 배웅 받고 아버지 떠난 날. 처마에 낙수 지는, 아버지 좋
아했던 국수발 같은 빗줄기를 보며 빌고 또 빌어 본다.

알뜰 성님

"지금 누구한테 큰 소리야. 당신 가재미눈이야? 위아래 볼 줄 몰라? 다 옆으로만, 당신 또래로만 보여?"

나는 욕탕의 물을 한 통 가득 퍼들고 서른 초반이나 됐을까 싶은, 여자의 목욕의자를 툭툭 발등으로 건드렸다.

내가 잘 가지도 않던 동네 목욕탕에 간 건 순전히 오른 쪽 어깨 때문이었다.

한 며칠 오른쪽 어깨가 쿡쿡 쑤셔대는 것을 대수롭지 않게 넘겼더니 급기야 오른 팔로 왼쪽 어깨를 긁을 수 없을 정도로 통증이 심해졌었다. 급한 대로 볼펜이나 뿔자를 동원해 가려운 것은 해결할 수 있겠는데 목욕할 때 만큼은 제대로 씻지 못한 부위가

마치 남의 살을 달고 있는 것처럼 찜찜한 게 여간 불쾌한 게 아니었다.

"병원엘 가보라니까는. 덧나면 어쩌려고 미련을 떠냐."

결국 엄마의 한 걱정 때문에 하는 수 없이 진찰도 받아봤지만 병원에서도 딱히 짚는 병명이 없고, 그렇다고 침을 맞아 봐도 나아질 기색이 없었다.

"엄마, 뜨거운 탕에 담그고 있음 좀 괜찮지 않을까?"

운전대를 잡아도 욱신거리고, 가방을 들어도 뻐근한 게 근육이 뭉쳤나 싶은, 되도 않는 자가진단에 온탕 찜질을 생각한 건데 엄마는 말이 끝나기가 무섭게 주섬주섬 목욕탕 갈 채비를 하고 나섰다.

요즘에야 집집마다 집안에 욕실들이 있으니 시설 좋은 찜질방이 아니고서야 굳이 때 벗기러 동네 목욕탕을 찾는 사람들이 있으랴 싶었다. 그래서 오랜만에 엄마와 한갓진 시간을 보내며 뜨거운 욕탕에 어깨를 지지리란 생각에 한껏 기분이 좋았었다.

생각한 대로 뿌옇게 김 서린 욕탕 통유리 문을 열고 들어서자 할머니 몇 분만이 욕탕 대야에 물을 받아 가며 몸을 씻고 있었다.

나와 엄마는 간단히 비누 샤워를 하고 온탕에 몸을 담갔다. 처음엔 뜨거운 물에 적응이 안 된 피부가 바늘 끝에 콕콕 찔리는 것처럼 따끔거리더니 목까지 깊숙이 몸을 담그자 이내 온 몸이 나른해져 왔다. 나는 게슴츠레 눈을 뜨고 둥근 타일 욕탕 벽에 몸을 기댄 채 가끔씩 흐르는 땀을 물 적셔 닦아내는 엄마를 바라보았다. 온수에 덥혀진 엄마 얼굴이 발그레하니 고왔다.

"어떠냐, 좀 괜찮아 지냐?"

엄마는 당신 어깨를 두드려 보였다.

"나아지는 건 모르겠는데 그래도 편해지기는 하는데."

나는 왼손으로 오른 쪽 어깨를 눌러 짚고 살살 돌려보았다. 통증은 여전해도 기분 탓인지 조금은 부드러워진 느낌이었다.

"기특하니, 할머니 모시고 왔는가 보네."

탕 밖에서 몸을 씻고 있던 할머니 한 분이 작은 욕통으로 물을 뜨며 말을 건네왔다.

"저희 어머니세요."

"늦둥이 막냅니다, 왜 저 거 수돗물 쓰시지 않구요."

엄마는 몸을 일으켜 타일 칸막이에 붙은 냉온수 꼭지를 가리켰다.

"난중에 나갈 때 끼얹으면 돼죠, 받아 논 더운 물 많은데 뭐할

라꼬 새로 물을 쓰게요."

할머니는 몇 개 안 남은 치아를 드러내 웃어보이고는 욕통에 퍼 담은 물을 등에 끼얹었다.

"물 아껴 쓰면 용왕님이 돌아보고, 나무를 아끼면 산신령님이 돌아본다는데, 아우님, 복 받으시겠어요."

엄마는 물 아껴야 한다는 할머니 말에 동지라도 만난 듯 고개까지 끄덕였다.

"그러니까요, 요즘 젊은 애들 말이에요 제깟 것들이 언제부터 잘 살았다고 머리 감는데도 콸콸 물 틀어 놓고 말이에요, 그런데 어쩜 그렇게 옳은 말씀을 하세요, 성님도 복 많이 받으시겠어요."

물 아껴 쓰는 것으로 어느새 성님, 아우님 죽이 맞아 잔뜩 흥이 오른 엄마와 할머니의 알뜰살림 캠페인에 찬물을 끼얹은 것은 두 분이 싸잡아 흉을 보던, 요즘 젊은 것이었다.

삼십대 초반으로 보이는 그 요즘 젊은 것은 칸막이 타일벽의 냉온수 꼭지를 보란 듯이 틀어 욕통에 물을 받는가 싶더니, 사방 벽에 해바라기 마냥 늘어진 입식 샤워기를 틀고는 바글바글 샴푸 거품을 올려 머리를 감아대기 시작했다.

알뜰캠페인 아우님은 당신의 직위에 소홀함 없이 타일벽의 냉

온수 꼭지를 손수 잠그는 친절함을 베푸셨다. 그런데 고양이 눈으로 그 모습을 지켜보던 요즘 젊은 것이 뽀르르 쫓아와 그것도 더 세게 수도꼭지를 비틀어 놓고는 고지를 사수하겠다는 듯 허연 엉덩이를 목욕의자에 뭉갠 채 샴프 거품을 부글부글 비벼 올렸다.

그건 선전포고였다. 알뜰캠페인 성님과 아우님은 동시에 자리를 박차고 분연히 일어나 아우님은 입식 샤워 꼭지를 비틀어 버리고, 성님은 그 요즘 젊은 것이 샴프 거품을 산더미처럼 부풀리느라 아까운 물을 콸콸 쏟아내는 타일벽의 냉온수 꼭지를 비틀었다.

"뭐에요, 할머니들. 왜 시비에요?"

삼십대 초반의 요즘 젊은 것은 양 손끝으로 눈두덩이에 묻은 샴프 거품을 끌어 모아 타일바닥에 내동댕이치고는 샴프 거품 속에서 빠끔하게 뚫린 두 눈을 부라렸다.

그 때 난 봤다. 발그레 고왔던 엄마 얼굴이 사색이 되어 가는 것을.

"어른들이 물 좀 아껴 쓰라는데 뭐 잘 못 됐냐? 요즘 젊은 것들은 말야 물 아껴쓸 줄도 모르고 어른 공경할 줄도 모르고 말야."

내 서슬에 눌려 뒷걸음질 치던 고 요즘 젊은 것이 순간 뒷굼치에 힘을 주며 버텨 섰다.

"눈 따갑단 말야, 너 몇 살이야. 너희들 다 한패지? 너나 잘 해."

난 산발한 샴푸 거품을 사방팔방 발포하며 달려드는 고 요즘 젊은 것 얼굴에다 들고 있던 욕통 물을 쫙 끼얹었다.

"너도 잘 해."

함지박에 받아 놓은 물이 모락모락 김을 올리고 있다. 나는 집 욕실에 쪼그려 앉아 엄마한테 등을 맡긴다.

"요기도 안 닿지? 어때 시원해?"

"근데 엄마 정말 용왕님이 돌아보는 거 봤어? 물 아껴 쓰면 그런다메."

나는 고개를 돌려 엄마를 올려다봤다. 엄마가 웃고 있다.

"봤지, 그럼. 니가 용왕님이잖냐. 시원하냐니깐?"

"무지무지 시원합니다. 알뜰 성님."

용한 엄마

버스를 놓쳐 버렸다. 버스는 횡단보도 건너편 정거장에 멈춰 있었다. 나는 반대편에서 건너오는 사람들을 밀쳐가며 아직 출발하지 않은 버스를 타기 위해 필사적으로 뛰었다. 하지만 버스는 내가 횡단보도를 건너는 순간, 기다렸다는 듯이 출발해 버렸다.

"애가 애가, 그 걸 탔어야지 놓치면 어떡하냐."

엄마는 내 꿈 얘기를 듣더니 당신 가슴에 주먹 알밤을 먹여가며 안절부절이다.

"뭐 언젠 꿈에 버스가 와도 타면 안 된다며. 저승 가는 버스라고."

난 입안의 양칫물을 뱉어내고 구강 청결제를 한 모금 오골 거렸다.

"버스라고 다 같냐? 버스가 사람을 기다리면 그 건 안 좋은 거고, 내가 기다리는 버스면 꼭 타야 되는데. 꼭 탔어야지 그걸 놓쳤냐, 그래."

엄마는 내가 꿈에 놓친 버스가 공짜 버스라도 되는 양 아쉬워하더니 부엌으로 종종걸음을 쳤다.

"그냥, 꿈이야. 내 차 타고 다니는데 버스 탈 일 있겠어? 그냥, 꿈이라니깐. 엄마, 다녀올게."

"가만 있어 봐라."

엄마는 부엌에서 급히 소금종지를 들고 나오며 구두에 발을 꿰고 있던 나를 제지했다.

"그냥, 꿈이라니깐 그러시네."

"사람 탈나는 거 다 조심하지 않아서 그런 거지, 조심하는 데 탈나는 법 없다."

엄마는 출근하는 나를 막아 세운 채 현관문에다 소금을 뿌렸다. 그리고 침까지 뱉었다.

"퉤! 퉤 !퉤!"

엄마는 내가 내 차를 마련한 그 해 초겨울부터 여태까지 10년

넘게 시루떡을 했다.

팥물 끓는 냄새가 부엌 문지방을 넘어오면 나는 삶은 팥을 찧고 있는 엄마 옆구리에 붙어 앉아 엄마 절구 공이가 올라갈 때마다 절구 속 팥고물을 집어 먹었다.

"손 다친다니깐."

엄마는 눈을 흘기면서도 내가 팥고물을 입에 넣을 때까지 절구 공이를 치켜든 채 기다렸다. 김새지 말라고 시루허리에 둘렀던 시루핀이 마르면 엄마는 팥물 냄새 뭉긋한 시루를 내 차 운전석에 올려 놓았다. 그리고 그 옆에 초도 켜고 막걸리도 떠 놓고는 막내딸의 무사운전을 빌며 절을 올렸다.

분명 나의 15년 무사고 운전은 바퀴마다 차례차례 막걸리를 부우면서 대단원의 막을 내리는, 엄마의 그 비나리 덕분일 것이다.

"조심히 다녀와라."

골목을 빠져 나온 차가 대로에 진입하자 그제야 백미러 속에 구부정히 서 있던 엄마가 돌아선다. 엄마는 집에 들어가자마자 전화통을 붙잡고 오빠와 언니들한테 내 꿈 얘기를 할 것이다. 그리고는 차 조심, 길 조심, 사람 조심에서 먹고 입고 들고나는 모든 것들을 조심시키느라 없는 기운 다 빠져 댕그라니 빈 집에서 혼자 선잠이 들 것이다.

어느 해던가, 형부네 회사에 인사이동이 있던 날이었다. 다 저녁에 들이닥친 언니가 엄마를 업고 덩실춤을 추더니 복채라며 용돈 하라고 엄마 손에 봉투를 쥐어 주었다.

"엄마 꿈이 딱 맞아, 엄마 꿈대로 엄마 사위 승진했어. 저기 미아리 점쟁이들 다 몰아내고 엄마가 자리 깔아도 되겠다고, 애들 아빠가 용한 장모님 복채 쓰시라며 이 거 주면서 막 웃네."

사실, 언니는 엄마의 해몽 실력보다 형부 승진에 더 신이 난 거겠지만, 그 후론 언니 네도 오빠 네도 엄마가 '좋은 일 있을 테니 기대해 보라'거나, '불길하니 이런 저런 거 조심'하라고 하면, '미신이다' 딱 잘라 무시하지 못하고 따르는 흉내라도 내곤 했다.

엘리베이터 층수표시등이 점멸하면서 도착 신호음과 함께 문이 열린다. 한참 만에 도착한 엘리베이터 안은 한꺼번에 밀려 탄 사람들 때문에 한순간에 꽁치통조림이 돼버렸다. 게다가 내 옆에 서 있는 덩치는 꽁치통조림 속에 잘 못 들어온 참치였다. 그 참치가 걸려온 휴대전화를 받겠다고 양복 재킷을 젖히며 옆지느러미 팔뚝으로 내 콧대를 쥐어박았다. 난 주먹을 움켜 쥐었다. 사이다 트림이 코로 역류하는 것 같은 매운 통증 때문이 아니라 뾰족구두로 참치 꼬리지느러미를 으깨주고 싶은 분을 참기 위해서였다.

"버스 놓치는 꿈은 기회 놓치는 꿈이니까 뭐든 조심해라".

엄마의 당부가 머릿속을 스쳤고 동시에 오늘 있을 오빠의 인사이동이 순간적으로 떠 올랐기 때문이었다.

오빠는 지난 번 인사 때도 결과가 좋지 못 했었다.

"애비야 내가 그때 그 금반지를 다 땄어야 했는데, 어미가 돼서 그것도 제대로 다 따내질 못하고… 어미 땜에 그런 거지 니가 부족해 그런 거 아니니 너무 상심 마라."

그 때 엄마는 살구나무에서 금반지를 따는 꿈을 꿨단다. 모두 6개였다는데 엄마는 그걸 당신이 다 따내지 못해서 오빠가 회사 인사에 고배를 마셨다고 믿었다.

"그래 그렇게 조심하라고 일렀잖냐. 멍 빼는덴 이게 최고다, 누워 봐라."

엄마는 내 콧대에 분첩만한 생쌀주머니를 눌러주며 혀를 찼다.

"오빠는? 승진했데? 아아."

나는 쌀주머니가 콧대를 누를 때마다 관자놀이까지 전해주는 통증에 질끈 눈을 감았다.

"니 올케한테 전화 왔는데 담 달로 연기됐다 하더라."

나는 엄마 말에 눈을 번쩍 떴다. 형부 말대로 엄만, 미아리에 자리 깔아도 되겠다. 오빠 인사 미뤄진 것도 모르고 참치 꼬리지느러미를 으깰 기회를 놓쳐 버렸다. 엄마가 조심하라고 한 건 기회 놓치지 않게 조심하라는 거였다. 이미 참치 꼬리지느러미를 으깰 기회는 사라졌다. 버스는 떠나 갔고, 난 버스 놓친 꿈을 꾼 거다.

아, 용한 우리 엄마.

엄마의 엄마

이모가 다녀간 뒤로 엄마는 전혀 기운을 차리지 못한다. 세끼 밥이 보약이라던 그 밥도 몇 수저 뜨면 그걸로 그만이다. 집 밖 구경은 커녕, 꽃 가꾸기 좋아하는 재미도 그저 마루에 앉아 바라보는 것으로 대신할 뿐, 잎사귀를 들춰 벌레를 잡든지, 허리 굽혀 향내를 호흡하던 것들도 심드렁해져 있다.

그 며칠 새 그나마 외출이라고 한 건 동네 초상집 큰 일 치루는 데 일손 보태고 온 것이 전부였다.

"그 양반 눈 뜨고 돌아가셨더라. 그 집 자손들이 뭘 몰라서 그러는데 눈 뜨고 죽은 사람은 좋은 데 편히 잘 가시라고 눈을 쓸어

내려 감겨 드려야 하는데… 널랑은 내가 그렇게 눈도 못 감고 죽거든 '좋은 데로 가세요' 하며 이렇게 손으로 눈 감겨서 보내라."

엄마는 초상집서 돌아오자마자 입었던 옷을 죄 벗어 빨아 널고는 마루턱에 앉아 물젖은 손으로 내 손을 끌어 당겼다. 그리고는 내 손바닥을 당신 이마에 대고 인중까지 몇 번이고 쓸어내렸다.

엄마 손에 잡혀 엄마 얼굴을 가렸던 내 손바닥이 엄마 손에 이끌려 잡아 내려지면 그 때마다 표정 없이 눈을 감고 있는 엄마가 다시는 눈을 뜨지 않을 것 같은 생각에 덜컥 가슴이 내려 앉았다.

"죽긴, 엄마가 왜 죽어, 나 시집가서 애 쑥쑥 낳고 그 애들이 또 쑥쑥 애 날 때까지 같이 살 텐데."

내 손목을 잡고 있는 엄마 손을 뿌리치며 나는 이유도 없이 화가 났다. 나라고 엄마가 천 년, 만 년 내 곁에 있지 못할 것을 모를까. 그래서 언젠간 엄마와의 이별을 준비하게 되리란 것도 알지만 그래도 지금은 아닌 것이다. 당장 일어나지도 않을 일을 일부러 끄집어 내어 서둘러 걱정할 게 무어란 말인가.

"니가 어느 천 년에 시집가겠냐? 애는 또 언제 낳고?"

엄마는 내 손바닥으로 쓸어내려 감겼던 눈을 뜨지도 않은 채 혼잣말처럼 입안에서 우물우물 말을 삼켰다.

"그러니까, 천 년 동안 살면 되잖아. 바람 차, 들어가. 찌개 데울게."

나는 엄마 겨드랑이에 팔을 끼워 엄마를 일으켰다.

"뎁히지 마라, 아직 염습 안 끝났다. 머리도 감지 말고, 된장찌개도 먹지 마라. 그 게 다 죽은 사람에 대한 예의고 보내는 사람의 도리다."

엄마는 그 날 이후 당신 방에 자리를 펴고 누워 잦은 잠 치레를 했다. 자궁 속 태아처럼 웅크리고 잠든 엄마 눈에는 가끔 눈물이 비치기도 했다.

"엄마 언제부터 이러시니?"

내 전화를 받고 집에 들른 큰 언니가 이것도 잡숴봐라 저것도 잡숴봐라, 이 음식 저 음식 턱받이 해 받쳐도 엄마는 병아리 목 추기듯 몇 점 입에 댔다 떼고는 이내 누워 버렸다.

"한 닷새 됐나? 이모 다녀가신 담부터 저러시니까 이모 오셨던 게 그쯤이거든."

나는 엄마를 제대로 못 모신 죄로 큰 언니와 얼굴도 마주치지 못하고 웅크려 누운 엄마 등만 바라보았다.

"그래? 이모 왔다 갔구나, 그래서 저러시네. 그래서 저래."

억새들이 하얗게 꽃씨를 물고 바람에 굽어 있다. 그렇게 엄마도 백발을 피워 올리며 굽은 허리로 산을 오른다. 나서 살다 돌아가는 인생살이 세 고개는 웬 고개냐며, 고개고개마다 눈물이 난다는 진도아리랑이라도 따라 부르는 걸까. 엄마는 산길을 오르며 연신 입 안에 흐느낌을 물고 있다.

마중 나온 이모와 내가 곁에서 부축하고 산을 오르는 내내 입속 울음가락을 물고 있던 엄마가 외할머니 산소 앞에서 기어이 그 울음을 토해낸다.

"어머니, 어머니, 어머니."

젖무덤 같은 묏등에 안겨 엄마가 엄마의 엄마를 부르며 울고 있다.

"언니, 그만 해, 기운 빠져요."

벗겨진 엄마 신을 주워 신기며, 이모는 엄마 어깨를 흔들었다.

"혓바닥으로 신발창을 대도오오 그 은공 다 못 갚는 댔는데에에, 미안해요 엄니이, 정말 미안해요, 엄니이이."

엄마는 이모가 그만 하라고 흔들어도 울고, 이모는 그만하라며 엄마를 흔들며 운다.

접동새 울 때마다 피던 진달래꽃들은 져서 그 꽃자리 엄마가

"엄니, 엄니" 대신 울은 우는 눈시울 붉은 산자락을 넘지 못하고 저녁 해가 목이 메여 한참을 걸리어 있다.

뒷 좌석에서 엄마는 울음 끝자락을 끅끅 목울대로 접어 삼키며 이모 어깨에 기대 잠이 들었다. 좁다란 농로를 따라 이어지는 시멘트 포장길. 코스모스가 잘 가라고 다시 오라고 하늘하늘 배웅하는 이 길을 엄마는 언제 다시 올 수 있을까. 엄마도 누구의 딸이란 걸 잊고 살았던, 우리 엄마의 그 엄마가 굽어보는 길. 그 엄마의 딸이 낳은 그 딸인 나도 자꾸만 눈물 나는 길.

"엄마 내 혓바닥으로 엄마 신발창 삼아줄까? 그러면 한 천년 쯤 사시나?"

난 된장찌개가 뜨거워 홀홀 혀를 굴리며 엄마한테 샐샐 댄다.

"엄마 놀리면 지옥 간다."

"설마 엄마가 낱 지옥 보내겠어?"

"내가 보내나, 염라대왕이 보내지."

"그럼, 염라대왕 엄마가 염라대왕한테 이럴 걸?"

"뭐라고?"

"나쁜 짓하면 지옥 간다아."

된장찌개 나누는 구수한 저녁답, 보글보글 엄마가 웃고 있다.

정월 대보름 이브

밤 새 내리던 함박눈이 날이 밝으면서 가루눈으로 변했다. 바람에 섞인 가루눈이 파카 깃 속을 파고들 때마다 나는 잔뜩 어깨를 움츠려 거북이 목을 만들곤 부르르 몸을 떨었다.

"봐, 아직 안 그쳤잖아. 그치고 나면 치우자니깐. 또 쌓인다구."

나는 담장 아래 쌓아 모은 눈더미에 부삽을 눌러 꽂으며 삐죽삐죽 입술을 내밀었다.

"이만하면 금방 그칠 눈이다. 마냥 냅둬서 굳어지면 더 힘들어. 이만할 때 치워야 덜 힘들지."

엄마는 눈더미에서 부삽을 뽑아 들더니 뾰로통해진 나 대신 눈을 치우기 시작한다.

"알았어, 알았으니까 인 줘."

나는 굽은 허리로 아장아장 눈을 치우는 엄마 손에서 부삽을 빼앗았다. 숨을 몰아쉬는 엄마 입에서 모락모락 가쁜 입김이 피어난다.

겨울이면 엄마는 동네 제설차로 변신하곤 했었다. 현관 계단에서 대문까지 모세가 바다 가르듯 마당의 눈바다를 쩍 갈라내고는 그 여세를 몰아 대문 앞에서 동네 골목까지 진격했었다. 비장의 삽질과 비질로 초토화된 눈의 잔해를 골목 담장 아래 바짝바짝 몰아내고 돌아오는 엄마의 귀환 길을 이웃들은 너도 나도 허리 숙여 감사해 했고, 그 사이 나는 뜨끈한 방 바닥에 등을 지지며 엄마가 눈과의 전쟁에서 지켜낸 평화를 맘껏 누리곤 했었다.

"어째 지들 집 앞도 안 치우고들 산다냐."

몇 해 전까지도 이웃집 대문 앞에 쌓인 눈까지 살뜰히 치어내던 엄마는 이젠 당신 집 앞 치우는 것마저도 힘에 부친다. 엄마는 이웃집들 대문 앞에 시루떡처럼 쌓여 있는 눈을 보며 연신 혀를 찬다.

"엄마가 치워줘 버릇했으니까 그러지. 여태 치워줬으면 고마

위서라도 한번쯤 엄마 집도 치워줬어야지. 엄마가 또 치워줄 줄
알고 저러는 거야, 얄짤 없어."

난 부삽으로 떠내고 남은 눈 찌꺼기들을 비질해 쓸어내고는
발을 굴러 신발에 묻은 눈을 털어냈다.

"잠깐 나와 치우면 지들 편코, 다니는 사람도 편코, 서로 편코
좋겠구만서도."

엄마는 어깨에 묻은 가루눈을 털어내며 미간을 구긴 채 또 혀
를 찬다.

간간이 유리창에 날아들던 가루눈도 시든 눈 그친 밤, 텔레비
전 앞에 앉아 있던 엄마가 뭐가 그리 재밌는지 한 손으로 입을 가
리고 '호호, 호호' 배를 잡는다.

"저거 봐라, 저게 진짜냐?"

수건으로 젖은 머리를 말며 욕실에서 나오던 나는 엄마가 가
리키는 텔레비전 화면을 지켜 봤다. 텔레비전 화면엔 집 앞에서
눈을 치우는 사람들을 배경으로 기자가 새로 신설될 지방자치단
체 조례를 반복해서 설명하고 있다. 기자는 앞으로 자기 집 앞의
눈을 치우지 않으면 자연재해 대책법 벌금조항에 따라 벌금을 내
게 된다며 벌금 내지 않으려고 기를 쓰고 눈을 치우고 있는 사람

들을 가리켰다.

"이제 집 앞 눈 안치우면 벌금 부과하는 법을 새로 만든다는
데."

나는 수건으로 머리를 부비며 리모컨으로 텔레비전의 볼륨을
키웠다.

"그렇지, 눈 안 치우면 진짜로 벌금 낸다지? 얼마라고?"

"백만 원. 자그마치 만 원짜리 배춧잎 백 장."

난 엄마 얼굴 앞에 열 손가락을 쫙 펴서 앞뒤로 마구마구 흔들
어보였다. 그런 내가 재밌었던지, 아님 지 집 앞 눈도 안 치우던
사람들이 꼼짝없이 부삽 들고 골목골목 허리 체조하게 된 게 고
소했든지 간에 엄마는 손바닥으로 마루짱까지 두드리며 '호호,
호호' 웃음바다를 만들었다.

눈은 정월 대보름 전날에도 내렸다. 부삽자루 어깨에 메고 골
목길 동태를 살피러 대문 밖을 나선 나는 키득키득 웃음이 샌다.
골목길이 온통 눈 치우는 이웃들의 부삽 체조로 장사진이다.

"오빠 온 댄다. 대문 밖 깨끗이 치워놨지?"

엄마는 내 일 끝이 못 미더워 대문 쪽을 힐긋댄다.

"염려 붙들어 매서. 요만큼도 안 남기고 사막같이 쫙 치워 놨

으니까. 오빠 언제 온데? 참, 들어가요. 고뿔 들어."

난 현관 계단을 내려오려는 엄마를 돌려 세워 팔짱을 끼고는 집 안으로 강제 연행했다.

김 올린 밥솥에서 고소한 오곡밥 내가 뭉글거린다.

해마다 정월대보름 전날이면 엄마는 흰 가래떡처럼 식구들 명 길게 살라고 아침에 떡국을 끓이고, 저녁에 밭농사 풍년들라고 오곡밥을 지어 냈었다.

찰진 오곡밥 그릇그릇 담아 둘러앉은 초저녁, 오빠가 유리창 너머 마당을 내다보다 입꼬리에 웃음을 매단다.

"순애야, 넌 좋겠다."

오빠가 내 어깨 너머로 팔을 뻗어 마당을 가리킨다.

"왜, 뭐가 좋은데?"

난 오빠가 가리키는 마당을 돌아보다 그만 울상이 됐다. 어깨 빠져라 눈 치운 게 언제라고 함박진 송이눈이 펑펑 쏟아지고 있 다.

"오빠가 치워."

난 남은 오곡밥을 그릇째 받쳐 들고 바닥까지 박박 입 안에 밀 어 넣었다.

"내가 왜 치우냐, 뉴스 안 봤냐. 내 집 앞 눈은 거주자가 치울

의무가 있다는데, 엄마 집에 내가 사냐? 니가 살지. 너 늙은 엄마 부려 먹으면 동네방네 불효녀로 소문 나 얼굴도 못 들고 다닌다. 그러니 어쩌냐, 엄마 벌금 안 내려면 니가 치워야지.”

　　오빠는 동치미 종지를 내 앞에 밀어주며 살살 눈웃음이다.

　　“우쒸! 몰라.”

　　‘우쒸 우쒸’ 눈 내리는 저녁, 풍년들라고, 자식 건강하라고 엄마가 지어준 찰진 오곡밥 위로 소복소복 함박웃음 내리는 저녁, 오곡에 사랑 하나를 더 보태 엄마가 세상에 내어 놓은 우리 육남매의 와자한 얘기를 마루 창유리 턱에 함박눈이 둘러 모여 소복소복 엿듣고 있다.

엄마표 말씀사전

ㄱ

● **개울 옆은 재물이 흘러 간다** : 개울 옆에 살면 재물이 흘러 가 부자가 될 수 없다는 뜻. 요즘은 한강변 아파트들이 오히려 인기라 사용되지 않는 말이지만, 치수 시설이 부족해 잦은 홍수를 겪었던 과거의 애환이 고스란히 담겨 있어 생활문화사적으로 그 가치가 살아있는 말.

● **근친떡** : 결혼해서 신부가 신랑 쪽에 인사 올 때 가져오는 떡. 뭐 먹고 싶다 하시는 적 없는 엄마가 유일하게 먼저 드시겠다고 하시는 먹을거리. 근친떡은 복이 들어 좋은 거라고, 애들도 다 먹이라고 성화 부리는 떡.

ㄴ

● 난 자랑 말고 기른 자랑해라 : 낳은 정 보다는 기른 정이 중요
하고 소중하다고 하신 말.

ㄷ

● 동지 지나면 노루 꼬리 만큼 해가 길어진다 : 절기상 동지면
한겨울인 것 같지만 동지 지나면 벌써 해가 조금씩 길어져 겨
울이 가고 있음을 말하는 것. 엄마가 시간의 빠른 흐름에 대해
허망함을 드러낸 말.

● 딸들은 들들 볶아 키우랬다 : 딸 교육 잘 못 시켜 시집보내면
엄마가 욕 먹는다고, 이렇게 해라, 이건 하지 마라, 저건 하지
마라 등등 잔소리를 할 때 당신 말씀의 정당함을 위해 옛날 어
른 말을 인용해 하는 말.

ㅁ

● 마흔에 매지근 쉰에 쉬지근 : 마흔 넘은 딸에게 너도 이제 마흔

이 넘었으니 나이 생각해서 내복도 입고 다니고, 예전 같지 않
을테니 몸 관리 잘 하라고 하시는 말.

● **말은 해야 맛이고, 고기는 씹어야 맛이다** : 남에 대해 나쁜 말
  씀을 잘 안하시는 엄마가 아주 화가 나면 이 말씀을 시작으로
  말 폭탄을 터뜨리신다.

● **머슴 위에 머슴 있다** : 주인이 나서서 일해야 아랫 사람들이 잘
  한다는 뜻으로, 일하는 사람들이 속 썩인다고 푸념하는 언니한
  테 이르던 말. 비슷한 말로 솔선수범이 있으며, 사람 두고 일하
  는 게 어렵다는 말의 비유로 사용.

● **물을 아껴 쓰면 용왕님이 돌아본다** : 목욕탕 가면 엄마가 자주
  사용하는 말로, 물을 아껴 쓰면 그 기특함으로 용왕님이 돌아
  보며 복을 준다는 의미를 내포한 말.
  비슷한 말로 '나무를 아껴 쓰면 산신령이 돌아본다'가 있다.

ㅂ

● **밥 그릇에 물 부어 놔라** : 밥 먹고 나서 먹은 밥 그릇에 물을 부어 놓아야 부자된다고 매일 식탁에서 하시는 말.

● **봄바람은 품 안으로 들어간다** : 그래서 한겨울 보다 더 추우니 멋 부리지 말고 실속있게 따뜻하게 입고 다니라는 말. 봄바람은 죽은 첩의 영신이라서 그런다는 게 엄마의 설명.

● **북대기가 쌓여야 부자 된다** : 북대기는 먼지를 이르는 방언으로 유난스레 깔끔 떠는 사람보다 훈훈하니 여유 있는 사람에게 오히려 복이 온다는 의미를 내포한 말.

ㅅ

● **소 잡아먹은 티는 안 나도 밤 까먹은 티는 난다** : 밤을 먹기 위해선 밤의 겉껍질과 속껍질을 벗겨야 하는데, 그 껍질과 가루의 양이 많다 보니 아무리 애를 써도 밤 먹은 흔적은 감출 수 없다는 의미.

● **손바닥 다르고 손등 다르지** : 같은 상황이라고 해도 남이 하는 거와 내가 하는 거는 다르다는 말. 언니나 오빠한테서 온 전화 내용을 전해 드리면, 내가 듣고 전하는 것과 엄마 당신이 직접 통화하는 거는 다르다고 전화 걸며 하시는 말.

ㅇ

● **악한 끝은 없어도 선한 끝은 있다** : 남한테 해롭게 하기보다는 착하게, 좋게 대해주는 것이 후일에 내게 좋다는 말. 불교 용어 중 '업보'에 해당하며, 나같이 '욱!' 하는 성격을 소유한 사람들에게 자주 쓰이는 말.

● **업은 애기 3년 찾기** : 기억력 감퇴와 건망증을 이르는 말. 물건 찾느라 정신을 쏙 빼 놓는 엄마가 당신의 무안을 눙칠 때 사용하는 말로, 내게는 슬프게 느껴지는 말.

● **이사간다 이사간다** : 집 안의 벌레를 쫓을 때 외우는 일종의 주문. 생명 있는 것을 죽이지 않으려는 의도를 내

포한 말로, 간혹 개미 쫓는 데 효험이 있음.

● 옷 입고 꿰매면 옷 못 얻어 입는다 : 아무리 급해도 단추 달 옷
을 벗고 꿰매야지 입고 달지 말라는 뜻. 미리미리 해 놓지 않고
나갈 때 급하게 입은 채로 단추를 다는 내게 하시는 말.

● 없어도 도둑 가져갈 건 있다 : 낡은 집에 누가 들어오겠냐며
문 단속을 게을리 하는 내게 하시는 말.

ㅈ

● 잠이 보배, 밥이 인삼 : 하루 세끼 밥이 보약이라고 믿는 엄
마의 철칙을 상징하는 말. 인스턴트 음식, 외식, 밀가루 음식
다 물리치고 아침마다 꾹꾹 밥 눌러 내밀며 잠 잘 자고 밥 잘
먹는 게 산삼이라고 강조할 때 사용하는 엄마집 표어.

● 저승잠 : 지병으로 병치레하던 아버지의 잦은 잠을 보며 엄마
가 힘 없이 하던 말로 죽을 때가 다되어 저승사자가 데려 가려
하는 상황을 잠에 비유한 말.

● 지 팔자 지가 만든다 : 점 보는 것도 습관된다며 점 보러 다니
지 말라고 하는 말.

ㅊ

● 칠십 청춘 : 여든 넘은 엄마가 칠십 갓 넘은 친척을 부를 때 사
용하는 말. (예:자네는 청춘일세) 젊음의 소중함과 시간의 소중
함을 동시에 일깨우는 말.

ㅍ

● 포개 거상 맞는다 : 식탁에서 그릇 포개 놓지 말라고 강조할 때
사용하는 말. 그릇을 포개 놓으면 엄마 상 중에 아버지 상 당하
는 것처럼 이중으로 상을 당한다는 뜻.

ㅎ

● 혀바닥으로 부모 신발창을 대도 그 은공 다 못 갚는다 : 엄마
가 엄마의 엄마인 외할머니를 회상하며 눈물지을 때 사용하는

말로 주로 효심을 강조할 때 쓰이며, 나로서는 죄송하고 나를
맘 아프게 하는 말.

● **헌 것이 있어야 새 것이 있지** : 물건을 대할 때 쉽게 버리지 말
고, 아껴 쓰며, 낡은 것도 소중히 쓰고, 다시 쓰라는, 절약정신
을 강조한 말로, 주로 나를 겨냥해 사용하는 말.
비슷한 말로 "단단한 땅에 물이 고인다"도 자주
쓰심.

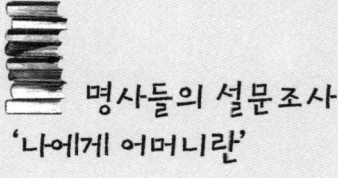

명사들의 설문조사
'나에게 어머니란'

● 어머니가 아버지보다 자식에 대해 더 깊은 애정을 갖는 이유
는 어머니는 자식을 낳을 때의 고통을 겪기 때문에 자식이란
절대적으로 자기 것이라는 마음이 아버지 보다 강하기 때문이
다. - 아리스토텔레스

: 아리스토텔레스(Aristoteles, BC 384~BC 322)는 고대 그리스의 철학자이며,
플라톤의 제자이다.

● 온갖 실패와 불행을 겪으면서도 인생의 신뢰를 잃지 않는 낙
천가는 대개 훌륭한 어머니의 품에서 자라 난 사람들이다.
- 앙드레 모루아

: 앙드레 모루아(1885.7.26~1967.10.9)는 프랑스 소설가이자 전기작가이다.

● 제일 안전한 피난처는 어머니의 품속이다. - 풀로리앙

● 자녀가 맛있는 것을 먹는 것을 보고 어머니는 행복을 느낀다.
  자기 자식이 좋아하는 모습은 어머니의 기쁨이기도 하다
  - 플라톤
  : 플라톤(Plato, BC 428/427~BC 348/347)은 고대 그리스의 철학자이자, 형이
  상학의 수립자이다.

● 청춘은 퇴색되고 사랑은 시들고 우정의 나뭇잎은 떨어지기 쉽
  다. 그러나 어머니의 은근한 희망은 이 모든 것을 견디며 살아
  나간다. - 올리버 호움즈

● 어머니는 나를 기쁘고 건강하고 사랑스럽게 낳아주셨다. 나는
  어머니 발에 입 맞춘다. -M. 월킨슨

● 어머니의 매가 아프지 않아 운다. - 한백유
  : 한(漢)의 한 백유(韓伯喩)는 효심이 지극하기로 유명한 사람이었다. 어느 날
  어머니의 매를 맞고 몹시 울고 있을 때, 어머니가 이에 대해 묻자 백유는 이렇
  게 대답했다. "전에는 어머니에게 맞으면 언제나 아파서 어머니가 아직 건강

하신 줄 알고, 그때마다 기뻤는데, 오늘은 조금도 아프지가 않으니 어머니가 그만큼 쇠약해진 것 같아 슬펐습니다. 그래서 울었습니다." 출처는 『설원(設苑), 건본편(建本篇)』

● 어머니는 우리의 마음에 열(熱)을 주고, 아버지는 빛(光)을 준다. - 잔 · 파울
: 어머니와 아버지의 힘이 합쳐져 자식에게 태양의 역할을 한다는 뜻이다.

● 여자는 약하나, 어머니는 강하다. - 셰익스피어

● 어머니는 반드시 하나부터 열까지 자기만을 위해서 존재하는 게 아니라는 생각이 든다. 또한 이 세계에 있는 것, 이 세상 전체도 자기만을 위해서 존재하는 게 아니라는 생각이 든다.
- 페스탈로치
: 페스탈로치(Pestalozzi Johann Heinrich, 1746~1827년)는 스위스의 교육가로 근대 교육의 아버지로 불린다.

● 아이를 기르고 가르치는 일에 있어서 어머니의 품성은 꽃이 피는 것처럼 완연하게 피어나는 것이다. 그리고 어머니의 사

랑에 대응하여 아이의 마음에 싹트는 사랑의 의식은 장차 사회 생활의 기초가 된다. - 엘린 케이

: 엘린 케이(Ellen Key, 1849~1926년)는 스웨덴의 근대 여성운동의 선구자로 사회의 변혁 그리고 여성의 지위 향상, 아동의 권리 보호를 위해 노력했다.

● 언제나 어머님의 일상 말씀하시는 교훈을 명심하여 힘써 공부하고 유쾌히 놀고 자못 사회에 유용한 인물이 되고자 노력하나이다. 그러나 하숙의 숙식이 늘 불편하여 밤이면 늘 어머님의 자애를 생각하옵고 꿈마다 어머님 슬하를 찾아가죠. 번화한 도회라도 내 고향만 같지 못해요. 어머님 계신 곳이 나의 낙원입니다. - 김동성

: 김동성(金東成, 1890~1969년)은 1920년 동아일보 창간 사원을 시작으로, 조선일보 편집국장을 지냈다. 해방 후 합동통신사를 설립하였으며, 초대 공보처장을 거쳐, 국회 부의장, 민의원 사무처장을 역임하였다.

● 어머님, 어머님께서는 조금도 저를 위하여 근심하지 마십시오. 지금 대한에는 우리 어머님 같으신 어머니가 몇천 분이요 또 몇만분이나 계시지 않습니까? 그리고 어머님께서도 이 땅에 이슬을 받고 자라나신 공로 많고 소중한 따님의 한 분이시

고, 저는 어머님보다도 더 크신 어머님을 위하여, 한 몸을 바치려는 영광스러운 이땅의 사나이외다. - 심훈

: 심훈 (3·1 운동으로 옥에 갇혀서 어머니에게 보낸 편지)

● 여성답다는 것은 모성(母性)을 말하는 것이다. 모든 사랑은 그곳에서부터 시작하며, 그곳에서 끝난다. - E.B.부라우닝

● 자연이 인간에게 모든 것을 주듯이, 훌륭한 어머니는 무엇을 원하느냐고 묻지 않고 그것을 준다. - 영국 속담

● 들에서는 태양의 빛, 가정에서는 어머니의 사랑. - 아프리카 속담

● 주택은 어머니의 신체의 대리물이다. 어머니의 몸이야말로 아마도 언제까지나 사람이 동경하는 최초의 주거이다. 그 속에서 인간은 안전했으며, 위안을 받았다. - S.프로이트

: 지그문트 프로이트(Sigmund Freud, 1856.5.6~1939.9.23)는 오스트리아의 신경과 의사이며, 정신분석의 창시자이다. 꿈과 무의식 분석으로 유명하다.

● 한 사람의 양모(良母)는 백 사람의 교사에 필적(匹敵)한다.

- 헤르바르트

: 헤르바르트(Johann Friedrich Herbart, 1776.5.4~1841.8.14)는 독일의 철학자

이자 교육사상가이다.

● 아마 돌아가신 누님은 어머니로서 모든 의무를 다할 수 있는
  힘을 갖기에는 너무도 천사처럼 순진하였으리라는 생각이 늘
  드는군요. 누님은 젊은 아내로서 나무랄 데 없는 사람이었습
  니다. 하지만 어머니로서는 같은 모습을 갖지 못한 것으로 추
  측됩니다. - 톨스토이

● 내 모친과 내 동생들을 보라. 누구든지 하나님의 뜻대로 하는
  자는 내 형제요, 자매요, 모친이니라. - 신약성서

● 어머니는 어린 것의 피난처요, 호소처요, 선생이요, 동무요,
  간호부요, 일력거·자동차·기차 대신이요, 모든 것이다. 밥 주
  고, 물 주고, 옷 주고, 버선 주고, 사랑 주고, 참외 주고, 떡 주
  고, 누룽개이 긁어 두었다 주고, 놀다가 들어오면 과자 주고,
  동네 잔칫집에 가서 가져온 빈대떡 주고…모든 것을 어머니가
  준다. - 전영택 『나의 어머니』

● '엄마'라는 관념은 그에게는 사랑이라거나 따뜻함을 뜻하는 것이기 전에 더욱 절대적인 의미를 갖고 있었다. 생명을 보호해 주고 있는 것, 생존의 방법 그것이 그녀였다. - 강신재

● 호미도 날이언마는 낫같이 들 리도 없으니이다. 아버님도 어버이이신마는 어머님같이 괴시리 없세라. 아아 어머님같이 괴시리 없세라. - 사모곡

● 어머니 / 먼 관모봉 산마루에 / 다시 이 해의 눈이 /
쌓여서 은으로 빛나옵니까 / 물 길으시는 당신의 /
붉으신 손도 보이는 듯하옵니다.

  - 유정 「관모봉 아랫마을」

● 울 엄매야 울엄매, / 별밭은 또 그리 멀리 / 우리 오누이의 /
머리 맞댄 골방 안 되어 / 손시리게 떨던가 손시리게 떨던가 /
진주 남강 맑다 해도 / 오명 가명 /
신세벽이나 별빛에 보는 것을 / 울엄매의 마음은 어떠했을꼬.

  - 박재삼 「추억에서」